青春阅读　幸得相见

有爱的青春陪伴者

梅花便落满了南山

野桐 / 著

上海故事会文化传媒有限公司
上 海 文 化 出 版 社

·作者简介·

野桐

| 小花阅读签约作者 |

白羊座，属性刚烈火热。
致力于生活中的所有反侦察活动，并且把这些用眼睛记录下的内容通过心灵的熬制奉献给大家。
希望永远善良，永远自由。

已完稿：《刺槐》《桑枝》《你心上的雪化了吗》《摘下星星给你》

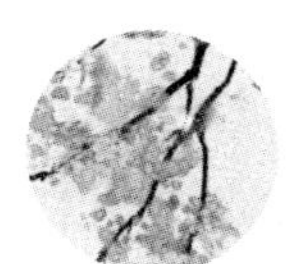

/ 作者前言 /

要是我……就好了！

MEIHUABIANLUOMANLE NANSHAN

连着下了半个多月的雨，被子潮得让人恨不得全部扔掉，可是不太敢，于是某个夜里我把沙发当成床睡，然后光荣感冒了。

迷迷糊糊睡了两天，等再起来的时候，我的头还是昏沉，吊了水吃了药，坐在房间里发呆。桌上放着卡通吸管水杯，打开的文档被我丢在一边，我又瞧着水杯发了一个多小时的呆。

梅花
便落满了
南山

现在回忆起来，那个时候脑袋里面想了些什么已经不记得了，但唯一记得的是，那应该是这半个多月来最舒服自在的时间了。

有时候，真的需要用一小段时间来修正自己。这是我一直以来都不会遗漏的过程。

终于等到放晴的那一天，跟朋友约好去拍照。那时候快临近高考，我们被拦在高中校门口。

“我们只是去操场拍照，不会打扰他们”“我们也是在这里念的高中”……我们说了无数次这样的话，最后还是没能进去。

坐在车里的时候，我想，要是我能看着显小一点就好了，也许就能混进学校了。

回乡下的时候跟路边的一条菜花蛇打了照面，我跟朋友两个人吓得惊声尖叫，腿软得不敢动，远远地看见一个兴高采烈的大叔追着蛇影跑。

那时候一点都不懂为什么他这么高兴。

回家的路上，我想，要是当时我的胆子大一点，也许今晚就有酱爆蛇肉吃了，也许就能体会到大叔的欢快了。

跟朋友约着散步，每天晚上绕着整个小镇走一圈，大多时候没有话说，我想，应该是我们认识太久的原因，太了解彼此，所以有些时候不用交流就已经知道对方在想什么了。

当然，我们还是会互相调侃，聊以前的糗事，聊我们已经结婚的那个好朋友，聊我们在同一座城市却不曾见面的那段经历，然后想到我们又回到了这个小镇，就觉得一切太奇妙了。

后来我想，要是当初她没有跟我报考同一座城市的大学，我们后来的人生轨迹又是怎么样的呢？

也许会跟现在不一样吧。

是我们依然去面对各自不一样的人生，然后又回到这里的不一样吧。

有时候我常常在想，为什么人跟人之间遇见的可能性那么小又那么大？

想念的、喜欢的那个人，就算在一个打车只需五块钱就能跑完的小镇里，却总是碰不见。

前一天你们在一起吃了三顿饭，把话题都聊干打算接下来一周

都不见的那个人,在第二天,在某个你们都不常去的巷口,又遇见了。

要是……

要是我有超能力就好了,去任何我想去的地方,见任何我想见的人,不去想我们之间隔着多久的时间、多长的距离,只要我想了,去做就好了。

可是啊,我没有这样的能力。

那再许个愿好了。

要是我的愿望可以实现,一定一定不要让我跟我的朋友亲人失散。

目录

CONTENTS

第一章 /001

见我未来的夫君去

第二章 /028

总会有一天，杀父之仇，我要你血债血偿

第三章 /054

要是我救你出去，你就得娶我

第四章 /086

若是你喜欢，我定去寻来送你

第五章 /111

你从来不等我，从来就不曾等过我

第六章 /134

过去的人就留在过去吧

第七章 /164

我要的从来不是你的一句对不起啊

第八章 /192

你尽管去做天下第一自私的人，我会在你身边为你遮风挡雨

第九章 /221

他站在原地没动，像在等着她

第十章 /249

他瞧见，梅花簌簌落了下来

番外一 /269

会相见的，每一日

番外二 /275

来路上，勿念

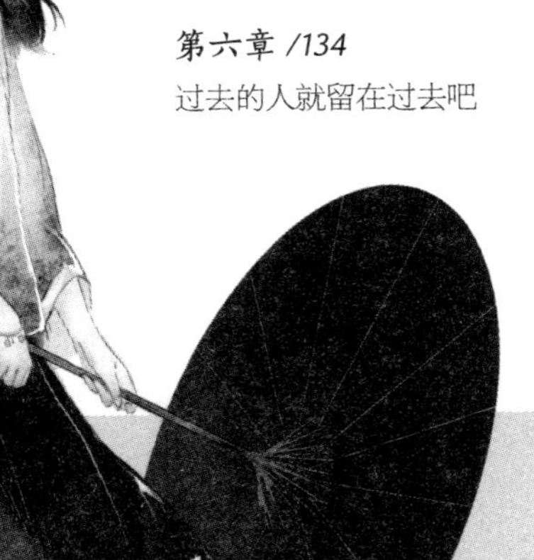

第一章 见我未来的夫君去

梅花便落满了南山

1.

说起缺月坞，没人知道它真正的老板是谁，单知道每日守在店里的那位小哥，只是个管事的小老板。

小老板，就是你跟他谈啥，他都拿不了主意。

还有就是这家新开的古董店里，卖的都是极品宝贝，眼界高的人拿在手里一掂量，心里就明白了个大概。

“汉魏的？”

晋诚正打着算盘，闻言抬眼：“是。”然后也不管这单生意做得成做不成，接着把账簿算了个底朝天。

戴着金丝眼镜的男人轻轻点头，人站在店铺正中央的位置，一眼把这店给瞧了个透。

打门进来左右两边各立着三个红酸枝陈列木柜，三层，上面放着不少的好宝贝。就是摆放得没有章法，若是叫那些认不得好货的人瞧了，兴致也就败光了，摇着扇子就出门，也许再也不会踏进来一步。

男人转悠一圈后走出店铺，在樟木招牌下打量了好一会儿才离开。

缺月坞开在西关街街中央，这会子正晌午，街上除了讨生活的小贩没什么人。他提褂上了一辆黄包车，拐过好几个弯，最后在洛晖楼前停下，往里走，进了间包房。

“怎么样，怎么样？有打听到什么了？”迎面而来一个中年男人，叫作付三，胸前配着块怀表，西洋货。

他跟付三的关系，只称得上有过生意往来的相识之人，连“熟”字都说不上。这次碰面，是前两天付三登门拜访，说是请他帮个小忙。

男人坐下后斟了杯酒，摇摇头：“就那位小哥在，名字好像叫晋诚，怎么写我也没问。”

“就这样？”付三靠近坐下，此前等得口干舌燥，现在听闻这丝毫无用的消息，更是急得额间冒汗。

男人举杯的片刻瞥了付三一眼，然后开口道：“你劳什么心思也变不回宝贝，要说你这忙，可算不上什么小忙，连人家店里什么情况都摸不清，我怎么谈得上帮？”

付三握拳往桌面上轻轻一砸，掩额，叹息两声，脑子里浮现出两个字，犹豫着问：“如果找上孟家……”

“孟家？”男人挑眉，“你是说湖塔港孟家？”

付三觉得有希望，趁势说：“是，湖塔港孟家。若是请动了孟家，这事儿是不是就好办了？”

男人的手指轻点桌面。沉闷的声音砸进付三的耳朵里，这下不仅额间有汗，整张脸也红了。

说起来，是有些丢人了。

付三记得那日是阴历三月十六，再过两日便是他老丈人的六十大寿，他寻思着要是献上一件好宝贝，准能哄得老丈人开心。他给了老丈人身边的一小厮十个大洋，打听到老丈人最近总爱在西关街上那家缺月坞里停留，说是瞧上一面铜镜，喜欢得紧。于是他遣人买下铜镜，收在房间里，只是没想到，阴历三月十八那一日，宝贝不翼而飞了。

同一日，天津万国桥重建工程历时八年，终于在 1927 年 4 月 17 日竣工。

男人想了片刻后，问付三："我听你提起过，不止你一个人遇上了这事儿？"

付三点头："前前后后加起来足足有十个人。"他伸出手比画着，然后在男人的眼神中讪讪收了回去。

"那就好办了。你叫上人，闹一番，要是还没辙儿，带上人往孟家门口一站，说什么孟家也不会不管的。"男人偏头，说了个主意。

"这……"要是在孟家门口闹起这事儿，他就显得为难了。

说到湖塔港孟家，他不敢惹，可是这宝贝，他也舍不得。

两难啊！

男人起身："我能帮的，就这样了。你自己心里掂量着吧。"说完伸手拍在付三的肩上，像给他下一剂镇心汤。

"酉老板。"付三一转身，叫住门口的人。

思量几番，他磕磕绊绊着问："这法子行得通吗？"

"行不行得通，不都得试一下嘛。"

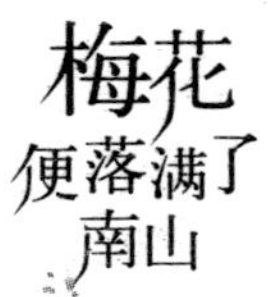

门被扣上，衬三颓然坐下，然后一个巴掌打在自己脸上：“混账！”

晋诚在柜台边上打着盹儿。

前一天夜里他被隔壁斗掌柜抓去斗了一晚上的蛐蛐，一早又被赶回了店里，这会儿上下眼皮打架打得厉害，半掩着店门想偷懒。

反正他家老板上天入地地四处飘着，也管不着他，他想偷儿回懒都是可以的。

晋诚嘴里咂巴着，梦见香饽饽了。晋诚伸手一掏就掏了一个，他仔细摸了摸，然后递给旁边的乞丐：“秋姐儿，你先吃。”

粗布衣衫穿在身上，谁也看不出蹲在地上的人是男娃女娃，就听见跟在一旁的小哥儿管乞丐叫“姐儿”。

晋秋掰开一半，塞进晋诚嘴里：“好吃不？”

“好吃！”他狼吞虎咽，把那半个饽饽吃得干干净净。

晋秋又递给他剩下那半个：“那这半个你也吃了。”

“秋姐儿？”他不敢拿，心里明白，换在富贵人家里，他跟晋秋，只谈得上是下人跟小姐的关系。

晋秋故技重施，把饽饽塞进他嘴里，拍拍手：“干瘪瘪的，能吃死人的，你死好过我死对不对？”

他点头，背过身啃那剩下的半个饽饽，蓦地抬头瞧着乌青色的天，心想才吃不死人呢。

秋姐儿从小就爱唬他，也最疼他。其实她早听见他肚子里的雷声了，就是说不出好话来。

本来以为是个好梦，哪晓得梦里那半个饽饽还没啃完，晋诚就被人一巴掌打摔在了地上。一个虎背熊腰的男人揪着他的衣领子，把他拎到半空中。男人脸上的横肉一晃一晃的，看起来比大当家的，也就是晋秋她爹晋雄还要凶。

他低头，瞧见秋姐儿面无表情地看着他。真难过，他家秋姐儿怎么能跟个没事儿人一样光看着他呢？

这时候她不应该冲上来把横肉男人一拳打倒在地上，然后把他踩在脚下，恶狠狠地说：“敢欺负老子的弟弟，你狗胆子长虎豹子身上了？”

可是，秋姐儿还是没有任何动静。

又一个巴掌拍在他脸上，比刚刚那巴掌疼上千百倍，是真疼。

一双眼睛模模糊糊睁不开，身子被人晃着，晋诚觉得脑袋晕得

像在港口边上吃了百来斤虾兵蟹将，好想吐啊。

“喂，快叫你们老板出来！”

“小子，你装死是不是？”

“天啊，这小子吐我身上了，我这可是丰伊斋的上等料子啊！”

“揍他！”

……

乱哄哄的声音齐齐炸进耳朵里，这时候晋诚要再不醒，可能连命都快没了。

一阵冷风刮在耳窝子边上，晋诚一哆嗦，人缩到钱柜下，将账本顶在脑袋上：“看中什么随意拿，别打我就行！”

钱不钱的不重要，命最值钱。

半天了没听见声响，晋诚捉摸了下，然后探出半个脑袋，瞧见店里的八仙椅上坐了好些个怒气冲冲的人。他伸出手指数了数，刚好十个。

坐得离他最近的就是付三，手里掂着那块西洋怀表，鼻子里哼出声：“你们老板呢，叫他出来。”

晋诚颤颤悠悠地站起来，那些人的目光全都落在他身上。

他退后一步：“付老板，您也来过我这儿几趟了，这店里您也一眼瞧得干净，宝贝真不在。”

“少扯那些没用的，今天要是见不着你们家老板，不是你死就是我亡。”

付三话一落，身后的九个人就站了起来。

晋诚吓得腿软，擦擦汗：“别呀，您几位都是有头有脸的，跟我一个小杂役有什么过不去的啊？我家老板真不在，至于她在哪儿，我也不知道。你看这样成不？等她回来，我挨个去府上请各位回来详谈？”

付三跟身后几位都是生意人，晋诚话里的意思，他们心里都明亮着，这意思就是叫他们等着。

“等？这宝贝是从你们家出来的，现在丢了，还不止丢我一家的，你说说是老天看不得我们财大气粗，还是你们看不得？”付三急得连话也分不清好坏了，话一落就听见身后的人咳嗽了好几声。

晋诚听了捂着嘴笑了一声，然后在异样的眼光中站直了身子。

“付老板您这话可不对，咱这虽然是个小店，可是当初这宝贝跟着您出了这店门就是您的东西了。这东西后来怎么着了，是摔了

还是丢了，跟我们店可都没关系。”晋诚回到钱柜前，漫不经心地把账本摞好。

这下不只是付三，剩下的九个人齐齐拍了桌子要讨个说法。

“各位老板，说法我这里没有。要是你们拿不定主意，要不你们去警察厅瞧瞧，也许他们能想个办法出来。”

谁也没想到晋诚先把自己给卖了，生生要把自己往警察厅里送。

烂招抵狠招，更要命。

“不行！说什么也得叫你们老板出来！”

“对！去警察厅就去警察厅，看谁能横得过谁！”

……

一群人拉扯着晋诚，钱柜上被扫荡得乱七八糟，晋诚还有心思想着要是秋姐儿见着了，准骂他没收拾。

唉，要是秋姐儿在就好了，也许他就不会像现在这样狼狈得快被人扒拉下裤带了。

他心里正念叨着，门被推开，进来个男人，穿着一身长衫马褂，戴着顶毡帽，摇着扇子倚在门边。

“做什么呢？打劫啊？”声音细腻，听着像个女儿声。

晋诚变了脸色，人趴在钱柜上，一只手死死扒着柜台，另一只手扯着裤带，脚上不停歇地踢着付三。

“秋姐儿，帮帮我。”

“啧！”晋秋合上扇面，慢悠悠地走了进来，站在钱柜前的绿檀横木边上，一双眼睛挂在晋诚身上，往下一点，就看见他抓在手里的裤带。

“现在民风这么开放了？各位爷青天白日就有如此兴致，我是不是打扰着了？”说这话的时候她故意掩着嘴，像是在调笑。

付三瞪了晋秋一眼，开口道：“今日不做生意，哪儿来的就滚哪儿去，别在这里瞎掺和。”

话一出，好像他才是这家店的主人一般。

晋秋颔首：“哦……”又问晋诚，“你什么时候背着我偷偷把这店给卖了？”

拉扯声骤停。

付三招呼着其他人停手，上下打量了一番，问晋秋：“你是这店的老板？”

“要是你私下没偷偷把店卖了的话，”晋秋指着晋诚，“那我应该还是。”

“秋姐儿！”晋诚恼，怎么这时候了还在开玩笑呢！

付三松开晋诚的衣领子，从口袋里掏出张票据，“啪”的一声拍在晋秋面前。

“这是在你家买的。”付三指着票据上的字样——

错金银凤纹铜镜，价值一千五百个大洋。

“哦，是有印象，怎么，假的？”晋秋坐在八仙椅上，抻理着长衫。

付三说：“假是不假，就是宝贝丢了。”

“老板，你这就不对了。钱货两清，任谁家买卖都是这个道理。”晋秋不慌不忙，给自己斟了杯茶，手碰上杯沿时，才发现上面落了灰，指间一捻，叹口气，“你小子。”

她说的是晋诚，听进付三耳朵里，误以为称呼着自己，一股火烧在喉口，就要冲上头顶。

剩下九个人面面相觑。

他们是被付三叫来的，起初觉得丢了个物件而已，能有多大事？可是人多一合计，宝贝都是出自缺月坞，没了两天就全给丢了。要说是巧合谁也不信，就怕是谁刻意而为之。再一想，自己本就是个生意人，连样宝贝都给看丢了，传出去以后谁还敢跟自己做买卖。

于是，他们听了付三的唆使，往店里一站，想要个说法。

可是这会儿，人家店老板说得也不差理儿。

钱货两清，生意规矩。

这下谁也没开口，刚刚还闹哄哄的缺月坞里现下安静得只听得见店外小贩的叫卖声以及杂乱的脚步声。

“外面出了什么事儿？”离付三最近的男人问。

“那谁知道？”旁边的男人答，然后偷偷扯付三，小声地问，“付老板，这下怎么办？”

付三也没辙，给后面几人使着眼色，输什么也不能输了气势，一个女人罢了，大不了……

“付老板，还有事儿吗？”晋秋微微抬头，一张素净的脸看着英气又不失妩媚，像长在悬崖峭壁上的一株莲，干净却危险。

付三被她横冷的眼神吓着，脑子被外面的声音吵得嗡嗡响，手一挥，妥协了一般带着人往外走。

“付老板，”晋秋叫住付三，“要是还瞧得上店里的东西，随时来。就算今天你闹了一番，但是咱之间，生意还是能做。”

真能给人添堵。晋诚心想。

付三摆手，去他的生意还能做，老子另找个地方说理儿去！

推开门，外面卷着风沙跑过一群人，走在最前面的人拉着匆匆而过的一人问：“出了什么事儿？”

“孟少爷回来了！”那人说完就往港口的方向跑去。

付三是最后一个出来的，心里一思量：孟少爷？

“付老板，咱这下怎么办？这说法……”还要不要了？

可是话还没说完，付三截住他的话：“屁的说法，你没听见孟家大少爷回来了！就是掏空她店里的所有宝贝也比不上这位活祖宗！”

说着，他拦下一辆黄包车：“走，去港口。”

缺月坞内，晋秋双手湿漉漉的，她刚从后院回来，手里的茶杯被刷得锃光瓦亮，杯底还滴着水珠。

晋诚递给她一方丝帕，她接过，擦干净手后扔在钱柜上。

外面的风沙席卷着，晋秋探头，问一旁洗茶的晋诚：“是他回来了？”

晋诚将外面奔走相告的消息落了实，应她：“回来了。”

她整理着毡帽："成，咱也去凑凑热闹。"

一脚跨出门槛，她听见身后的人问："茶还喝不喝了？"

"喝个屁，见我未来夫君去！"

2.

港口边上，簇拥着一群人，热闹不已。

离得不远的地方有家小茶馆，稀稀散散坐着几个人，即使没奔往港口，也饶有兴致地往那儿看着。

小茶馆最里面坐着个男人，手里举着杯茶已经好一会儿了，另一只手撑着头，问站在旁边的小厮："还有多久？"

小厮探出头往外瞧了瞧："还没见着船。"

男人点头，叫小厮把手里的皮箱子放在桌上，解开锁，拿出一份牛皮纸包着的文件，摊开仔细阅览着。

"九爷。"小厮慌神地喊他。

男人没抬头，轻声问了一句："怎么了？"

"要是少爷……"他想说，要是因为顾着看手上这几份文件没能接上少爷，老爷那里肯定不好交代。

可是他还没说出口，就被面前这个男人洞悉了心思一般。

男人深邃狭长的眼睛在小厮身上如同暴风卷起巨浪似的扫过，他反问着：“怎么，在外读了几年书，本事没学着就学会怎么把自己弄丢了？”

男人嗤笑一声：“他孟玮修可不是什么蠢人。”然后继续翻阅着文件。

天津城里人人都会唱诵的童谣里，打头第一句便是：天津卫，有富家，湖塔港里好繁华。财势大，数孟家，东韩西穆也数他。

湖塔港孟家，八大家之首，放眼整个天津卫，谁家也比不上孟家的产业大。

而孟家少爷孟玮修更是光彩风华，父亲孟炳华从政转商，母亲仇莲桉是光绪提督仇贤之女。孟玮修幼时曾拜师在河南巡抚宋时澜的学生门下，八年前留洋海外，如今学成归来。如此显赫的家室又在外镀金，谁不想跟孟玮修攀上一层关系，或明或暗，就算情假意浅，可做谈资说出去，脸上也长了不少面子。

付三一众人下了黄包车，直奔码头而去。

人挤着人，付三自己都不知道，什么时候被人挤掉了西洋表。他扭头，长叹一声：算了，一块西洋表而已，比不上孟家的大少爷。

港口边上站了不少人，大多都是来看热闹的，大家你不让我我不让你，活生生地要把这港口变成战场。

远方，船笛声响。

一艘巨轮扬着帆在海面上缓缓前行，向着港口靠近。

九爷覃一泮听着声响没动静，淡淡瞥了一眼桌面上的文件，还有四份，估摸着能看完。

“九爷。”小厮怕真怠慢了孟少爷，小声提醒着覃一泮。

“嗯？”覃一泮签完一份文件，“再等等。”他的速度快了一些，可是没有忽略掉文件上面的任何一个数字，沉稳得如同孕育着万千生命的大海一般。

他时刻记着孟炳华曾说的，在他的下面，还有千百口人靠着他吃饭。

港口边上随着巨轮的靠近越发吵闹，船笛声轰鸣，一缕青烟自海面升起飘向海与天的水平线。

小厮瞧着人越来越多，于是打着手势，港口就拥进好些个穿着黑色长衫的男人，脸色清冷，看着不太好惹。他们将人群从中分开，开出一条小道。

好不容易挤到最前面的付三被黑衣人狠狠推开，刚要发脾气，

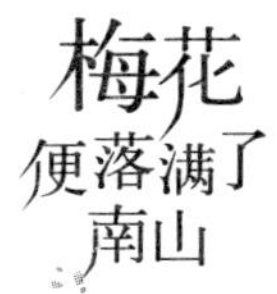

瞥见茶馆里的人，把就要脱口的脏话憋了回去。

是覃一洋，可惹不得。

“九爷。”小厮微微低头，示意他轮船已经靠岸。

覃一洋把文件叠放好，装进牛皮纸里递给小厮，才起身拢了拢因为久坐起了褶皱的长衫。

“走吧，”他背手，“去迎接我们最亲爱的孟少爷。”

孟君修怎么也没想到，离国八年再回来，见着的第一个人居然是覃一洋。

他走下巨轮长梯，手里提着黑皮箱，一身裁剪合体的灰墨色西装衬得他身形修长。直到站在覃一洋的面前，他仍然觉得有些不可思议。

“好久不见。”覃一洋伸出手，久别重逢，应该客套一些。

孟君修愕然，迟疑着伸出手，眼神落在跟在覃一洋身后的小厮身上。

那小厮他认得，叫刘放，是他父亲的心腹刘克的儿子。

如此之人，父亲将他赏给覃一洋，可见重视。

“嗬。”孟君修轻笑，他迎上覃一洋投来的目光，眼底的嘲笑更是藏不住，“覃一洋，你果然手段高明。或者说，是你母亲覃兰雪手段高明。”

覃一洋毫不在意地向孟肆修伸出手，早已料到了一般拉住想要闪躲过的孟肆修，帮他整理着斜侧着的领结。

“孟少爷说笑了，我不过是做我该做的事，别人的决定我可做不了主。”他声音带着沙哑，像沙漠里被风吹起的细石一样吹进孟肆修的耳朵里。

孟肆修想挥开覃一洋的手，却又先被覃一洋反握住。

“怎么说，你也得叫我一声哥哥。要让外人瞧见了不合，爹准生气，你也不想回来第一天就惹得他老人家不高兴对不对？”覃一洋先下一剂猛药，让孟肆修乖乖配合。

孟肆修真的就老实了，任覃一洋接过他手里的皮箱，亲昵地拉着他上了车。外人眼里他们二人看起来和和气气，好像真是一对亲兄弟。

可是在刘放看来，两人之间的腥风血雨在上车之后才真的开始。

就好像现在，两人相隔不到半尺的距离，可是两两无言，各自望着热闹的窗外。

“九爷，先回宅子还是去商会？”刘放透过车视镜往后瞧。

覃一泮一只手搭在膝盖上，正瞧着窗外过路的人。

覃一泮听见声儿，答着："先送少爷回去。"然后又扭头望着孟珒修改口，"不对，应该先问问少爷想去哪儿？"

孟珒修知道覃一泮在刻意给他添堵，闷着气问："父亲呢？"

"老爷这会儿应该还在商会。"刘放应着。

"去商会。"孟珒修想也没想，却在话说出口后反应了过来，覃一泮在故意给他使绊子，叫别人听了去，还真以为他覃一泮才是孟家的大少爷了。

"哎，成。"刘放应了一声，一个反方向，铁皮车朝着九州商会开了过去。

覃一泮先下了车，绕过车尾走到孟珒修的车窗外，打开车门迎着他出来。

孟珒修弯腰下车的瞬间，听见覃一泮凑在他耳边说："今天你刚回来，怎么着也应该给你些面子是不是？"

孟珒修觉得自己的脸有些抽搐，连正眼也没给覃一泮一个，径直进了商会。

九州商会是孟炳华一手创立的公司，旗下包揽了海运、粮食、盐务、银号、典当、赌坊、茶庄、绸布还有杂货等产业。天津城里近一半的产业几乎都被他揽在了手里，让其他七大家看了红眼。

虽说孟炳华出身不好，可是胜在头脑精明，又娶了提督之女，人生可谓称得上是扶摇直上。

如此掌管着天津城里近一半产业的男人，外人纷纷猜测着他看着应该是个狡黠、奸佞之人。可是孟炳华眉眼中是被岁月雕琢过后的痕迹，第一眼看上去莫名叫人觉得沉稳可靠。

手里握着笔，孟炳华专心看着桌面上的文件，甚至没有听见敲门声。

刘克立马明白，转身弓着腰说："少爷，昨日松昌当的付老板来过，纠结了一帮人在商会门口闹了许久，老爷这会儿正头疼呢。"

他站在覃一沣跟孟肆修对面中间的位置，埋着头，叫人不知道他是在回覃一沣还是孟肆修。

覃一沣背着手，微微侧头问："饿了吗？先带你去吃饭？"

突然的关切问候，孟肆修没有领情。别人看不明白，可是他心里清楚，覃一沣这人，不过是在孟炳华面前装样子罢了，装得他们好像兄弟情深。

啧，兄弟情深。

骗人的罢了。

孟肆修跟刘克说："那我先回去拜祭母亲，晚些时候再过来。"

刘克点头，然后又叫住独自往外走的孟肆修："少爷，"等孟肆修停下脚步，他才又说道，"老爷很想你。"

在名利场里摸爬滚打的男人，经历够了在外应酬时候的虚情假意，反而不容易把真心话说出口了。刘克跟在孟炳华身边二十余年，自认没有人比他更摸得清孟炳华的心思。若是老爷说不出口的话，他便帮着说说。

孟肆修回身，望着紧闭着的房门，眼里有些湿润。

可他是个太骄傲的人，嘲笑自己一声，问覃一洋："你不走吗？"言下之意是，我怎么回去？

覃一洋应他："走。"然后跟刘克说了两句话，走到孟肆修面前，朝他做了个"请"的手势。

他们走后不久，孟炳华便出了房门，嘴上叼着烟斗，摸不着火，又拿在手里。

"少爷跟着九哥儿先回去了。"刘克打上火，被孟炳华推开。

"嗯。"孟炳华淡淡应着，又问，"曼新呢？"

“一早去学校了，走前闹了通脾气，说您要是不答应，今晚就不回来了。”刘克取下短卦，跟在孟炳华身后。

孟炳华无奈地笑：“还跟个小孩子似的。”

一直到上了车，孟炳华才说：“她想去便去吧，派些人跟着她。”

刘克答：“是。”又问，“那少爷？”他想问的是，刚回国的孟肆修接手九州商会一事。

孟炳华思量着，摇头：“他要是不愿意，就不要强求了。其他的事情都交给老九去办。”

老九，说的是覃一沣。

刘克从来不多问，孟炳华已经交代到这份上，他只需要照办即可。

“是，老爷。”

下车时，孟炳华吩咐刘克叫覃一沣晚上在书房商议付老板的事。

刘克欠身，应了下来。

晋诚是真的饿，所以在哼唧哼唧吃完三碗清水面后，他有些不知死活地问晋秋：“我能再吃一碗吗？”

晋秋瞥了晋诚一眼，然后伸出手，吓得晋诚以为自己要被扇一

巴掌直往后躲。可是那只手却轻轻落在他的脑袋上，他听见晋秋说：“没想到我平日竟这么亏待你，兜里没钱肚里没货，真是个小可怜。”

晋诚脸微微抽搐，摆手：“我不吃了成吗？”

“不成。”晋秋拍桌子，“老板，这里再上一碗面。”又问晋诚，“够吗？”又拍桌子，“三碗，我弟弟饿得要死了，你可快点儿！”

面铺老板在晋秋一惊一乍的声音中把面条全下了，看着晋秋不好惹的样子，蔫嗒嗒地应她：“好嘞。”

三碗面全被端上来，晋诚偷偷瞧晋秋，才发现她的目光落在前面不远处的两个石狮子那儿，根本就当他不存在似的。

成吧，您叫我吃的，我吃多少，算您多少个铜板。

哼哧完一碗，不错，好吃！再哼哧完一碗，成，有点儿饱了的意思了！最后一碗……

“咣当”一声，捧在手里的碗不见了！晋诚贼想哭，但是又不敢。他咬着嘴皮子强颜欢笑，问：“秋姐儿，见着你未来夫君了？”

晋秋点头。

那不就成了！既然见着了，那为啥你还要打掉我最后一碗面？晋诚往上瞧，见着晋秋脸上还笼着团黑气，跟要磨刀杀人一个样子。

“诚儿。”咬牙切齿的声音在晋诚耳朵边上响起。

晋诚颤颤巍巍地应了一声，人已经吓得缩紧了脖子，害怕一会儿就被卸了脖子头点地了。

“你瞧那人眼熟吗？”晋秋伸出手，指了个方向。

晋诚跟着看过去，却发现自己居然还有闲心思想秋姐儿小拇指边上怎么多了个伤口，干涸的血迹已经变成了黑褐色，结痂这会儿是最疼的了。

目光再飘远一点，晋秋指着的那个方向尽头处是个宅门口。正门四根柱子，檐上挂着块牌匾，四周金漆着暗八仙图案的匾面中央，刻着“孟宅”两个字。对！他们出现在这里，全然是为了晋秋那个未来夫君，栖身在这个面摊子，也是为了守株待兔。

晋诚嘟囔，他又没见过秋姐儿的未来夫君，哪还会有眼熟不眼熟一说。可是她发了话，他就得睁大了眼睛看清楚，要是答错了，后脑勺准又得疼上好几天。

孟宅门口停着辆铁皮车，先下来一个人，不急不慢地往另一边车门走，打开门迎着一个穿着西装的男人下车。这不明摆着嘛，那个西装男人才是正主儿，长相斯文清秀，身上透着一股儒雅劲儿。

晋诚书念得少，小时候待在灶房里跟柴火打交道。后来晋秋教他识字，他头疼，单会认得些简单的词字。这会儿他就恨了，真不

晓得还有什么顶好听的词儿能用在西装男人身上了。

“秋姐儿，那个就是孟玮修？”晋诚咽了咽口水，想着应该怎么夸来着？气派？这词儿好像也能行。

晋秋“呸”了一声，又说：“你眼睛瞧着跟狗眼睛一样瞎能转悠，关键时候屁都顶不上一个。”

咋还骂起人来了？他闷头想，怎么着自己也不能比不上一个屁吧，这太伤人了。

“啪”的一声，他后脑勺挨了一巴掌，真……算了算了，不能骂人，秋姐儿说了，要注意素质。

“旁边那个！”晋秋勒住晋诚的脖子，把人圈在腋下指着前面让他瞧。

晋诚委屈，可是眼睛不得不顺着她手指的方向看过去。是刚刚那个先下车的男人，穿着件长衫，布料看着名贵，就是举手投足之间看着不像个公子哥儿，反而像……

等等？晋诚抬手揉了揉眼睛，怎么真觉得那人有些眼熟？好像是在哪里见过。

“秋姐儿，那个人……”晋诚呢喃，“瞧着好像覃一沣啊。”他声音越来越轻，怕激怒了晋秋。

只是没想到晋秋松开他，手指捻在空了的面碗沿上，倒没瞧着生气，还乐着：“就是他。”

完了！晋诚心想，这不得见血啊！这下恐怕真得进警察厅了！

“秋姐儿？”

“说。”

“这怎么办？要不咱先回去？”

“回。”

晋诚愣了，怎么这么好说话？一点也不像他秋姐儿的作风。

结账的时候，晋诚才慌了神。平日里抠得要命的秋姐儿给了面老板十个大洋，然后头也不回地走开。面老板还没回过神，晋诚从他手里顺走九个，一边拿一边说：“我姐给多了。一个大洋就够你买个新棚子的了。十个？哪来的这种好事儿对不对？”

等晋诚走远，面老板抽起汤勺骂骂咧咧。

晋诚追上晋秋，没敢说话，埋着头背着手跟在她身后晃着，然后一个哆嗦，摔在地上。

他听见晋秋问：“诚儿，咱的那些家伙还在吗？”

第二章

总会有一天，杀父之仇，
我要你血债血偿

1.

孟宅是间老宅，建于前清时期，在风雨中摇摇欲坠了几百年。后来被孟炳华买下，重新修缮了一番，它的地理位置绝佳，虽然处在湖塔港最深处，可是四通八达，商铺多，热闹不已。

孟肆修进了宅院，左右瞧了一眼，跟记忆中的样子没什么变化。他循着记忆往东苑的深处走，一座祠堂在香樟繁盛的枝叶间若隐若现。

祠堂里从上到下供奉着孟家历代的祖先，最下面的那一排，只有两个牌位，中间的牌位写着“孟门仇氏”。那是孟肆修的生母，

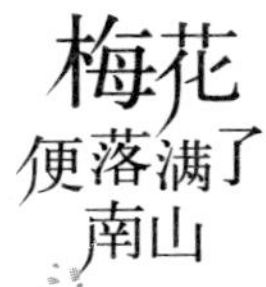

在他十二岁那年香消玉殒。

旁边的牌位是前一年年末时候新添上的，本来妾氏的牌位是入不了祠堂的，可是孟炳华对覃兰雪疼爱，管不得那些陈旧条例，照样将她的牌位请进了祠堂。

孟肆修的目光在“孟门覃氏”四字上停留了许久，然后点燃三炷香，跪在地上，良久才对着仇氏的牌位开口：“母亲，孩儿悔了。”

八年前，他在留洋前夕，远途前往湖北拜别恩师，只是没想到汽车刚开至河南、河北的交界山头，便被一群土匪劫下，捆上了山。他已经记不得他在山上被关了多少天，只知道后来某天夜里，突然起了一场大火。火光里人影涌动，纷纷提着水桶去救火。他愣愣地望着被大火席卷的房屋，才发现拉扯着他的那个人已经将他送下了山。那人脸上染着灰，指着一条长满野草的小道，说：“你从这里走，很快就能瞧见人家。”

他还没反应过来，就被那人推开摔倒在地上。等他爬起来的时候，那人已经沿着下山的路又折返了回去。

他喊：“是晋秋叫你来的吗？”

那人身影微微一顿，没有回答他，而后脚步匆忙地往回走，身子左右晃动着。他瞧见那人跌倒滚下斜坡又撑着身子爬起来继续往上，从头至尾没有回头看他一眼。

后来孟玮修被县城的官兵送回天津。没过两日，那个送他下山的人便寻了来，身后还跟着一个女人，看模样像是他的母亲。报纸上刊登，五日前的夜里，河南屠神寨被官兵一举绞杀，土匪头子晋雄头颅悬在寨下村子的村口三日，其女不知所终。再后来，是他远渡到了国外，孟炳华送来的书信里跟他提起，那个送他下山的人叫覃一沣，以后便是他的兄长。信里没有提起何故，但是他早已猜到，不过是因为父亲纳了覃一沣的母亲覃兰雪为姨太。

往事在烟袅里被记起，已经久远得让他辨不得真假了，却还是叫他如鲠在喉，干涩的声音在寂静的祠堂里响起。他说："母亲，若是我知道会有这么一天，若是我知道那个女人会替了你的位置，我宁愿死在那座山上。"

听下人说孟炳华还在书房里忙着，孟玮修命人把晚饭送回房里，他实在不愿跟覃一沣同桌吃饭。

到戌时，他去书房请安。房里亮着灯，孟炳华似在同人说话，木窗微开，隐隐能听见谈话声。

屋里，孟炳华同覃一沣说起白日里松昌当付老板所求之事。

缺月坞小门小户名不见经传，是前一年在天津城里落足的。孟炳华起初对这样的小户无意，可近来听闻有西洋商队远洋而来，对缺月坞也渐渐留心。商会下的古董门铺少之又少，若能先跟缺月坞谈拢合作之事，西洋商队那边就多了分把握。

偏巧缺月坞惹了麻烦，这下倒有了筹码。

孟炳华的意思，是先查清宝贝丢失一事。若是商会插手解决，收购一事便如囊中取物一般容易。

门外，一片孤影转身离去。

晋诚发现，打从面摊子回来后，晋秋就整天把自己关在房间里，一日三餐全靠他送到紧闭的房门前。等下一顿再送来时，先前的碗已经空了。

成，所幸他姐还想得开，饭还吃得下，那也就没啥好担心她的了。

再想一想，是不是该跟覃一沣报个信，毕竟他姐可能就快没命了，怎么着也得跟他提个醒是不是？可是，晋诚又犯了愁，他贸贸然前去，人家指不定还认不认得他呢？

算了，再说吧。

他手里打着算盘，账簿翻了两页，全是空白。

上次付老板来闹过后，一单生意也没接上。面上看着人是消停了，可打那日之后，这店里的活物就他跟晋秋了，别的能喘气儿的一个也没见着。

唉，晋诚想着要不睡一觉，反正天塌下来了他秋姐儿还给他撑着呢，怕啥？

他脚下一磕，撞着包什么东西。他低头一瞧，吓得快没了魂儿，赶紧蹲下把包给系好，藏进柜子里。

“咚咚！”

钱柜桌面被叩了两声。

晋诚猛抬头，直接撞柜角上了，真……他想着不能说脏话，才号：“真疼啊！”眼神落在叩桌面的人身上。

“他狗腿子的三大娘！”他边骂边往外冲，跑进院子里，扯着副破烂嗓子喊，“秋姐儿！操家伙了！”

糟糕！家伙被他包好后系了两个死结扔柜子里了！

晋秋掀开帘子，就见那人坐在离钱柜最近的那张八仙椅里，旁边的桌面上放着包东西，粗布料，那是她的。

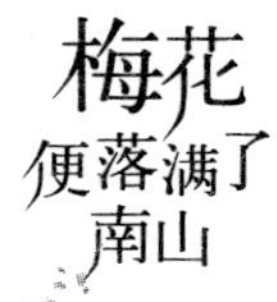

“覃八。”晋秋笑了一声，“不对，现在该叫你覃九了对不对？怎么样？覃兰雪的第九任丈夫对你好吗？”

晋诚缩头缩脑地跟在晋秋身后，不敢抬头。他左额角上撞了个包，他姐刚给他上了药水，可顶不住还是疼。而且这药水泛红，瞧着像被人打破了头。他不能给他姐丢人，就算埋着头也得给他姐把气势撑足了。

但是他又觉得，来者是客，怎么着也该给人奉杯茶是吧？

“您……您用茶。”放下茶杯，晋诚特想抽自己一巴掌。

这明明快四月了，天都热起来了，他这会儿却觉得冷，为啥？他明明白白真真切切地感觉到那股寒意来自他旁边这个人——覃一洋。

晋秋对晋诚奉茶这回事儿没什么反应，一杯茶而已嘛，她倒不至于连这个也计较，毕竟这也许算得上是一杯送行茶。

当年晋雄掳了个教书先生回屠神寨。没钱还能在晋雄的刀下活下来，是因为晋雄发现自己的女儿晋秋痞得太过了些。比平常女儿家有魄力有胆识是好，可是没人能说一个八岁的女娃娃揪着个比她还小的男娃娃下山掳了一对年轻男女，非得强迫着人家和自己在两个娃娃面前行床笫之事是件好事儿。

教育问题迫在眉睫，于是在晋雄二十余年的舔刀生活里，终于留下一个活口。

教书先生叫魏箐，给晋秋上的第一堂课，就是教她如何宽宏大量。晋秋听不懂，平时耳濡目染，从她记事起学会的第一个词便是“杀人如麻”。她分不清好坏，也懒得去分。

教书先生追在她身后，侃侃而谈：“就算别人做错了事，你也应该放宽心怀去原谅他。这世道啊，就毁在那些逞狠的义愤填膺之人身上。你得记着，切莫逼人入了绝境啊。”

即使晋秋后来依然认为他说的都是狗屁，可是她觉得不要逼人入绝境这句话却有道理。万一，她狠不过别人，也算给自己留条活路是不是？

所以覃一泮死不死，跟喝不喝这杯茶没有任何的关系。

“怎么，这茶不合胃口？”晋秋在覃一泮对面坐下，一双凤眼狭长单薄，半垂的眼皮看起来还睡意迷蒙。

晋诚觉得，他姐这时候看起来可真是纯良无害。

一直没有开口的覃一泮伸手捞杯，敏锐的嗅觉和直觉让他在片

刻的时间内对这杯茶做出了判断，她晋秋从来不是使阴招的人，何惧？

一阵掌声响起，晋秋缓缓起身，朝着覃一泮逼近。她探手环在覃一泮肩前，轻轻地笑：“果然是在名利场里混迹的人，见惯了阴险诡谲，连喝一杯清茶也变得小心翼翼了。”两只手慢慢交叠，将覃一泮的脖颈禁锢。她侧头在他耳边，问，“覃一泮，背叛屠神寨，就是为了这样的生活？”

晋诚心里“咯噔”一下，看见覃一泮拉开晋秋环在他肩前的手，身子半斜着，看起来慵散，说出的话更是懒洋洋，带着丝邪气：“这样的生活不好吗？比起铺为天，枕为地的日子，可是好上太多了。”

晋秋觉得无趣，从他身后轻笑而过，落座在与他隔着一张桌子的八仙椅上。她取下毡帽放在手里把玩着，说：“那你现在来干什么？好日子过得不舒坦，想回到刀尖舔血的日子了？”

话落，有东西磕在地上发出声响。

晋诚吓得脑袋一缩，看清了声音来源，又摆出一副恶狠狠的样子把晋秋护在身后。

“这里面的东西，你都还认得？”晋秋拿脚尖踢了踢地上的那包东西，随即发出叮叮当当的脆响声。

晋诚意会上前，摊开布料，露出里面的东西。

索子、弓弩放了好些，然后是汉阳造拆卸下来的零件，最下面还放着杆短枪，都是火烧屠神寨前留下来的。

晋诚掏出短枪，立在晋秋身边，他将枪口对准了覃一泮，脸色不太好看。倒不是因为觉得这时候应该严肃一点儿让对方知道他的厉害，而是他闻到枪柄上的锈迹带着一股子腥味，难受得想吐。

覃一泮却像个无事人一样，品了两口茶，一手搭在跷立着的右腿膝盖上，开门见山道："前几日有位姓付的老板来过？"

"来过，非说不见了的宝贝是我们转头偷走的。"晋诚放下枪，说起这事儿来就恨得牙痒痒。这几日不见生意上门，不就是因为那位付老板嘛。

"东西呢？"覃一泮垂眼，轻轻转动左手大拇指上的翡翠戒指，上面刻着螭龙图案，栩栩如生。

晋秋静坐着，旁边的晋诚先来了气，情急之下叫了一声"泮哥儿"，被晋秋瞪了一眼，咳嗽两声又说："覃一泮，先不说东西不在我们这儿，倒是你，拿什么身份来我们这儿质问啊？"

覃一泮还在转动着戒指，不慌不忙地答："孟家。"

哦，孟家。晋诚点头，老老实实地缩回了晋秋身后，眼神特无助。

他是想给晋秋撑场子来着，可是万一惹上孟家，咱这小店就真保不住了。

这下晋秋开了口：“付老板不仁义，为了这事儿找上孟家，不是要了我的命嘛。”她抬眼望着晋诚，眼神平静，却叫晋诚觉得满是责怪，他弓着背，两手兜进衣袖里，不敢说话。

“孟老板叫我来要个说法，否则……”

“否则，我这小店就开不下去了是不是？”晋秋截住覃一沣的话，伸出手，把晋诚手里的那把枪握在自己的手里。

覃一沣适时闭嘴不再说话，他冷眼瞧着晋秋的一举一动，她拿衣角擦了擦枪口，上了膛，又对准了他。

“可是我这里偏偏没说法，怎么办？”她眼睛里烧着一团火，好像要把面前这个人活活烧死一样。

晋诚苦着脸，小声唤了声“秋姐儿”，这一句倒是把身处绝境的那个人给唤回了神。

覃一沣缓缓站起来，冷峻着的一张脸开始有了表情，嘴角轻勾，眼神温和。他伸手握住枪口，跟着叫了一声：“秋姐儿。”

谁说千娇百媚、祸国殃民的只能是女人？晋诚心里暗骂，男人一样有这本领，就算他晋诚没有，可是覃一沣有啊！

这一声叫得晋诚酥了骨头，抖了两下身子，觉得身上的鸡皮疙瘩还没抖尽，再抖两下，就听见“嘭”的一声，晋秋跟覃一沣两个人扭打在了一起。

说不上谁占了上风谁又初现了落败的姿态，两人拳法相当，晋秋刁钻古怪，覃一沣应对自如。胶着了几个回合后，覃一沣先收回了拳，背手立在晋秋不远的地方，闭眼轻笑，嘟囔一声。

疾风刮向他，又在触碰到他皮肤的片刻骤然停下。

他睁眼，晋秋的拳头就在眼前。

“秋姐儿。”晋诚扣着手，这下摸不清晋秋的心思了。就算不杀了覃一沣，怎么连这一拳头也收了回来。

“回去告诉孟老板，东西不在我这儿，至于在哪儿，跟我可没关系。”抽回手，晋秋转身回了钱柜，在上面摸了好一阵，心烦，“这几天一单生意也没做成，我能找谁诉苦去？呸！”

覃一沣皱眉，眼神落在晋秋的身上，仔仔细细地打量了一番。她穿着灰色长衫，套着一件绣着金丝腾龙的黑色对襟马褂，戴着一顶毡帽，没个女儿家的样子，满口脏话张嘴就来。

他摇摇头，抿紧了嘴唇。

晋秋合上账本，正好瞧见这一幕，心中的不爽顷刻间再次汹涌

而来。她叫住推开半边门的覃一沣，两人对视许久，她才幽幽地说了一句：“当年你离开屠神寨，可没拔香头子呢。”

晋诚嘟囔一句：“兄弟们都不在了……”空荡安静的房间里声音可不见小，全数落进了晋秋和覃一沣的耳朵里，两人眉头紧皱。

“既然兄弟们都不在，”晋秋松开眉头，“那我就替他们做了主，磕三个响头，就当过了。”

屠神寨，是曾经称霸河南、河北交界处的土匪窝子，叫附近的村民闻风丧胆。村子穷，没有银两可劫，这帮土匪就瞧上了村民辛辛苦苦种出来的粮食。那时候一两家被掏了个空，站在寨子底下恨不得把这些王八孙子的祖坟都骂出青烟来，可没过两天走投无路的人，却上了山进了寨当了土匪。

要想当土匪，就得办入伙仪式；那不想当土匪，肯定也得办退伙仪式。搁屠神寨的兄弟们还在的时候，若是想办退伙仪式，得退伙人跪在中间的香灶前，嘴里念着十九句词。每说一句，拔一根香，等十九句说完了，香也就拔完了。说得流利还能把大家伙说笑了，土匪头头就站起来说“兄弟走吧！啥时候想‘回家’，再回来‘吃饭’”，仪式就算完了。

覃一沣不动声色地看着晋秋，凛冽的眼神像寒冬里的冰刀一样，唰唰刺在她的身上。

可晋秋挺直了身子，要挟着：“覃一沣，在孟家的日子比在屠神寨好过吗？你说，孟老板会不会为难你呢？”

她说得不清不楚，可是覃一沣听得明明白白。

三个响头磕了，这丢宝贝的事儿，就有了眉目。

可是晋诚想，覃一沣是谁啊？当年卖了屠神寨的第一人，害得屠神寨上上下下六十一人丢了命的人，今日怎会……

怎会在晋秋面前下跪呢？

“嘭——”

一道身影跪下。

“咚、咚、咚、咚、咚、咚……”

一，二，三……十三，十四，十五……

晋诚吓得瞪大了眼睛，慌乱的眼神在覃一沣和晋秋身上流转。

头磕得一声比一声响，没一小会儿，覃一沣的额头中央就见了血。晋诚伸手擦掉自己额头边上的红药水，腿软着上前拉覃一沣：“沣哥儿，够了！够了！”瞧这架势，他是想磕上六十一个响头啊，

那时候可就不只是头破血流了，简直称得上是血肉模糊啊。

磕头的响声在寂静的房间里回荡，像是屠神寨山谷里的腊嘴雀儿的鸣叫声，洪亮又刺耳，挠得晋秋心里像有百万只蚂蚁爬动一般。

“滚！”她一声怒吼。

得了话，晋诚叫来一直等在店铺外的小厮，拉起覃一沣往外走。

阳光刺眼，覃一沣抬头瞧见苍蓝色的天，觉得头痛欲裂，疼痛的感觉在他的身体左右拉扯，嘴皮已经干涸泛白，他却轻轻地笑。

四年又八年，屠神寨上下，他终于不欠谁的了。

可是，在被人架出店门的时候，他好像听见了晋秋痛怆的声音。

她问：“那一日屠神寨上下哀鸿遍野，你在哪里？”

她说：“覃一沣，总会有那么一天的，等那一天到了，杀父之仇，要你血债血偿！”

2.

刘克晃着扇子站在院子里，额间冒了不少汗，全赖地上这几十册书。老爷说今日天气不错，晒晒书，免得发霉。

说这话的时候孟炳华正握笔作画，叫人不敢来打扰，于是他一个人轻手轻脚地来来回回，终于将书全搬了出来。这会儿他好不容易歇口气，就听见“叮叮当当”的脚步声。

完了，姑奶奶回来了！

那是一双银灰色的鞋尖镶着珍珠的高跟鞋，左右鞋跟还各挂着一个铜灰色的小铃铛，走起路来的时候声音响、动静大，衬得上她孟曼新的身份。

“刘叔！”一身西洋裙的翩翩少女轻巧地躲避过地上的黄皮书来到刘克身边。她当然知道，这些书都是她小叔孟炳华的宝贝。虽比不上她金贵，可皱了破了一点也能让孟炳华烦心好一阵。

“曼小姐烫新头发了。”

原本黑直的长发被烫成了时髦的欧式宫廷卷发，配着羽毛发饰看起来灵动大方。

孟曼新从小银包里掏出一颗太妃糖塞进刘克的手里，她记着上次刘克帮她求情的恩，说：“你知道他们都是怎样的人吗？浪漫又多情，简直就像王室的王子一样。”

“帅气吗？”刘克剥开太妃糖，递给孟曼新。

孟曼新推开，又说：“当然，金发碧眼的男人简直是宝藏啊！”控制不住欣喜的声音。

孟曼新吐舌往孟炳华的房间瞧，见没有动静，才敢挺直了腰板

继续沉醉在前两日的旅途中。

说起来是在孟肆修回国的前一日，孟曼新被学校的男生邀请一起去北平的学谈会。听说有不少的外国学生也去参加，孟曼新当然心动。但是转念一想，孟炳华要是知道她一个女孩子孤身去北平，肯定不答应。于是她使了一哭二闹三上吊的伎俩，总算让孟炳华松了口。

“那比起九哥儿呢？”刘克嘴里嚼着太妃糖，一股子奶味弥漫在空气里。

孟曼新鞋跟往地上一蹬，红了脸：“刘叔你胡说八道什么呢！”

“哦！”刘克心里明白，嘴上也不饶过，“那肯定是比不上了，咱们九哥儿可是一等一的角色。”

豆蔻年纪的女儿的心思难捉摸，上一秒还为这个人羞红了脸，下一秒却要抵死否认：“才不是，哥哥才是一等一的！”

终于想起来了！

“哎呀！我还没去见过哥哥呢！怎么样，怎么样，这次回来他是不是给我带了好多礼物？”孟曼新欣喜地问道。

刘克故意捉弄她：“那可不知道，待会儿你见着了亲自问他。”

“哼！”知道被捉弄，她插手抱在胸前，“刘叔越来越小孩气了！”

“我看整个宅子里就你一个人最使得小孩儿脾气。”低沉的声音自台阶上传来，孟炳华手里抓着烟斗，缓缓下了台阶。

孟曼新上前挎住孟炳华的胳膊，撒娇着：“小叔，我已经成年了，你不要老是再说我是个小孩子了！”

孟炳华笑：“就算你活到了一百岁，在我眼里你也是个小孩子。我不服老你不认小，真是一对快乐活宝。”

“小叔！”被嘲笑了，孟曼新扭头不再跟孟炳华说话。

生着气，孟曼新远远看见从西苑跑来个小厮，喘着气，说：“老爷，九当家的醒了。”

覃一沣是在一阵哭声中醒来的，迷蒙的双眼睁开时，就看见个人趴在自己床边上掩着脸哭。她身后站着孟炳华，再往后是垂着脸的刘克和瞧着窗外风景的孟肆修。

他嗓子眼里不舒服，先瞧见他醒来的孟炳华说：“刚养好元气，先不要急着说话。”

声音听着不真切，覃一沣还以为自己做梦呢，不然怎么还能在自己的床边瞧见孟大少爷呢。

而下一秒，耳边像响起了百串鞭炮声一样，一堆含混不清的词儿钻进他的耳朵里，哭喊着："泮哥哥你怎么样啊？你可不能有事啊，你要是出事了，我不就守了活寡嘛！"

简直大言不惭！覃一泮觉得自己刚养好的一口元气也得被孟曼新语不惊人死不休给折腾没了。

刘克先咳嗽了一声，然后孟曼新就被孟玮修拉出了门。扒着房门不肯走的孟曼新还在哭，孟玮修见哄不管用，黑着脸直接把人给捞走了，嘴里还说着："哥哥给你带了好多西洋礼物呢，你随便挑，要是还看不上，下午哥哥带你花钱去。"

房间这下安静了，孟炳华坐在床边，抓着覃一泮的手，说："辛苦了。"

简单三个字，覃一泮便明白了。他身边的人都是孟炳华安排的，他所有的行动都在孟炳华的掌握中，而他的过去，孟炳华也尽数知道。这一遭他受命去缺月坞，碰见了什么人，遇上了什么事，孟炳华当然一清二楚。

"没能像答应你娘那样好好照顾你，是我的不对。"孟炳华手摸上他的额头，心里有些疼。

覃一泮前一日被抬回来的时候额头已经破得不成样子，好好的一块皮生生被他给磕烂了。即使覃一泮不是他孟炳华的亲儿子，可是覃一泮跟在他身边八年，尽心尽力，于情于理，他又怎么能不心疼？

在房间里只待了一会儿，孟炳华就离开了。他让刘克交代大夫买最好的药材回来给覃一泮进补：“这些日子让他好好休息，不要去吵他。”

刘克欲言又止，最后还是答应下来。

覃一泮闭眼在床上歇息。也许是因为最近商会的事情太多让他有些疲累了，也许是因为前一日见着了故人，心里总觉得不踏实。

可是现在，他眼前有一件更为急迫的事情。

孟肆修觉得很不痛快，而这个让他不痛快的人现在正一脸惬意地躺在床上，享受着……享受着来自他的特殊服务——挠痒。

说起来只能怨他自己，谁叫他一大早要凑热闹去瞧受伤的覃一泮。好巧不巧，偏偏在拉扯孟曼新的时候他把他娘的遗物落在了覃一泮的房间门口。

全身使不上劲儿像只虫子一样蠕动了好一会儿的覃一泮瞧见了来人，自然不会放过。

“你要是敢跑，我就告诉爹！”覃一洋威胁着。

孟玮修无奈地回身：“覃一洋，你怎么这么无聊幼稚？”

“轻一点！”覃一洋疼得吸气，最后先妥协一般，“行了行了，不敢再劳烦您了！”

孟玮修眼神冷淡，发倔一般地说：“你是不是嫌我挠得不够好？不成，你转过来，我再给你挠挠，这种小事可难不倒我。”

覃一洋往床里边缩：“不用，不用。”

“不成，不成。”

“真的不用。”

“那可不成。”

……

争执了几番，两人默契着不出声了。覃一洋咬着牙皱着眉，这痒痒劲儿怎么还没过去？

“再挠挠？”孟玮修装着体贴地问他。

没说话，就当他默许了。

覃一洋朝里侧着身子，半边肩膀裸露在外，一道伤疤从脖颈下方蜿蜒到背中央，像是火烧过的痕迹。

避开烧痕，孟玮修问：“是在屠神寨的时候留下的？”

旧伤，即使愈合了，疤痕依然清晰可见。

覃一洋喉结滚动，缓了半晌才说：“是。”

屠神寨。

梦魇一般的三个字叫孟玮修手上的力又加重了三分，他自己没察觉，床上那个人也没反应。

两人又沉默下来，窗外响起了蝉鸣声，覃一洋抬头往外面瞧，太阳高高挂着，光晕刺得眼睛生疼，叫他想落泪。

嗯，一定是因为这该死的阳光。

然后，他听见孟玮修轻笑：“没想到覃先生也有败如丧犬的一天啊。”

覃一洋平躺在床上，一只手费力地指着脑袋：“因为这里面有不敢忘记的事情。”

孟玮修看着他不说话，低垂的双眸望着床角边上被遗落的血帕。

好像突然听见了海浪的声音，远远地传来，他感觉置身在咸腥的海水里自由下沉，然后又闻见了柴油的味道。天际线被熊熊大火染成了橘红色，他鼻腔里难受，不住地喘着粗气。

“喂！”一声惊吼把他从幻想里拉了回来，他抬头，覃一洋正以一种十分异样的姿势瞥着他。

“热闹也看完了，忙也帮了，没事了我想一个人待着了。”逐客令下得毫不留情。

孟玮修关上门的时候还往里瞧了一眼，覃一沣盯着房梁看得出神，可能连他自己也没察觉着，眼角滑落下一颗泪珠子。

突然间，孟玮修胸腔涌出愤懑，像第一次骑马时随时害怕摔倒在地上的心情。

他摇头，苦笑。

原来啊，覃一沣也有不敢忘记的事啊。

这几日天气好得出奇，把柜子里的棉被翻出来晒在院里，拍打两下，还真有一层灰落下来。

晋诚托着下巴，想了想，朝屋里喊:“秋姐儿，给我几个大洋吧。”

院子南北通透，不管站哪儿，又往哪儿瞧，都是一眼的事。

晋秋坐在屋子里，逗着晋诚从隔壁斗掌柜那里赢回来的蛐蛐，眼皮子也没抬一下：“想骗钱，没有！”跷起一边的腿，“店里几天没生意，再这样下去，老子合计着得把你卖了才能活命。临走了还想问我要钱，要不要脸？”

晋诚委屈。他不过是瞧棉被里的鹅绒子散光了，想买两床新的回来而已，怎么就骗他秋姐儿钱了呢？他蹲在木头桩子上，苦思冥想，觉得苦啥也不能苦了他姐的日子。

最后，他两手环在胸前，问：“秋姐儿，咱还过不过日子了？”

“想跟我过日子可没门，要是你想找媳妇儿了说一声，姐也没啥送你的，那两床棉被就归你了，正好我也能换新的。”晋秋还是没抬头，心里觉着这蛐蛐长得真丑，特像覃一洋刚来屠神寨的时候，黑黢黢的。

心有灵犀似的，晋诚这时候问她：“秋姐儿，上次你揍洋哥儿，那拳头怎么没抡他脸上呢？”

该死！晋诚心想，秋姐儿这会儿抬头看自己了。提了不该提的人，他自己先抽了自己一嘴巴。

她语气特刁蛮：“你管呢？”

开始还觉得好玩的蛐蛐这会儿就让晋秋心烦了，她瞧蛐蛐一眼，蛐蛐也瞧着她，就好像覃一洋盯着她看似的。

你瞧我干啥？晋秋盖上盖，抱手趴在樟木桌子上，脸埋进胳膊里。不知怎的，她耳朵边上又听见了覃一洋的声音，轻轻喊着：“小秋。”

那时候他明明只是轻轻嘟囔了一声，她却听得无比清晰刺耳，

鬼使神差地便收回了拳头。

“谁让你这么叫我的！”她一声怒吼，桌子被拍得抖三抖。

晋诚蹲在木头桩子上正郁闷，现在更郁闷：“我没叫你啊！”

瞧着店里这么多好宝贝卖不出去，晋诚愁得头发都掉了好些。剪辫子那一年他七岁，是被捡回山寨的前一年。那时候他娘告诉他，以后脑袋前边和后边就都有头发了，是个俊朗娃。可是他娘没告诉他，要是头发全掉光了，还比不上只有脑袋后边有头发好看呢！

不成！晋诚一手拍在脑门上，同蹲在院圃边上埋蛐蛐的晋秋说：“付老板那些宝贝不给找回来，咱的日子就真过不下去啦！”

“找呗。”晋秋应着。

这么爽快？晋诚戳他姐的衣服：“真找？”

“找啊。”晋秋站起身，拍掉褂边上沾着的泥，“日子过得下去过不下去我都死不了，但是能让某个人日子不好过，我就烧高烧给观音菩萨磕三个……不成，五个响头！”

还某个人呢！当他不知道她说的覃一泮呢！他撇嘴，不高兴。

晋诚觉着，他姐被仇恨蒙蔽了双眼，想与仇人同归于尽了。

“下午的时候，替我往翠恍轩递张折子。”晋秋在柴房边上捡了块平展一点的木板，上面题字——诚儿之墓。

“诚”是晋诚不错，可这个“儿”，指的是那只蛐蛐，晋诚之子。她今天倒是发好心，把蛐蛐玩死了，还给立了个碑。就是上面这字，题得叫晋诚不是滋味。

可更不是滋味的，是她交代的那事儿。

“我不去。”晋诚难得反抗，“打死我也不去。”

翠悦轩，名字听着雅致，可往前搁几年，爱新觉罗家还在那会儿，得管那叫青楼。他一个青葱小伙子，怎么能去那种地方呢？

“那成，去了回来我再打死你。”

第三章
要是我救你出去，
你就得娶我
MEIHUABIAN
LUOMANLENANSHAN

1.

翠悦轩的红姑娘叫鸾月，名字好听，人也好看，听说曲儿唱得也甜。只是听说，晋诚可没听过，打来天津开始他只往这儿跑过三回，落了话就走，不敢多停留。

“秋姐姐就为了这事儿？”鸾月穿了件海蓝色的旗袍，胸前特意做了蕾丝镂空样式，叫晋诚只看了一眼就想喷鼻血。

这下他不敢抬头看了，目光落在地上，答：“是，秋姐儿说最迟三天。”

“三天？可小瞧我了。一天就够了，明儿来取吧。”第三颗盘

扣上系着条粉色丝绢，被鸾月扯下来落在晋诚脑袋上，“拿着这个，那几个龟公就不敢拦你。”

丝绢上染着海棠花香，晋诚觉着好闻，摸摸身上的铜子儿，想着给他姐也买盒花粉得了。他将藏在鞋底的大洋也摸了出来，还能给她买套洋装。她天天穿着长衫马褂，一年四季不见换的，要是她未来夫君见了她，肯定会赖了当年他们自己私定的婚约的。

况且，人家还是留过洋回来的，肯定喜欢那种打扮好看的姑娘。

他手里掂着几个大洋，一边盘算着一边往院门走。这翠悦轩里弯弯曲曲好些条小路，他还没大走得明白，这绕来绕去的，不知道绕哪儿去了。

瞧着对面走过来两个人，他想着打听打听，还没走近，就瞧见了那两人的模样。

两人都穿着西装打着领结，左边那人戴着副金丝眼镜，一副生意人的打扮，头发梳得锃光瓦亮的，不知道抹了多少发油，看起来整个人都油腻腻的。右边那个人瞧着简单些，长相斯文清秀，透着股儒雅劲儿，一只手里还抓着两本书。

不过，读书人也来这种地方？

他再瞧一眼，抓着书的人竟是孟理修。

“呸！”晋诚啐了一口，“迂腐的读书人！”

两碟菜、一碗饭，还有一壶酒。

晋秋从马褂兜里摸出几颗花生米，一颗颗喂进嘴里，问跪在地上的人：“吃不吃？”

“吃。”

“起来。”

“但婚约得毁。”

“跪着。”

晋诚脑袋一耷拉，老老实实地继续跪着，双手捧着一盆水，幸好滴水未落。

下午从翠悦轩出来，他提着大盒小盒回缺月坞。胭脂水粉、洋装、高跟鞋，晋秋本来想痛骂这个败家子儿，可一听东西都是给她的，花的还都是他自己的钱，得，不开心是假的。

她一样一样地翻过去，没一样看得上眼，可是晋诚难得破财，不能扫兴是不是？

“说，求什么事儿？”无事献殷勤，非奸即盗。

晋诚磨磨蹭蹭，最后咬咬牙，问：“你跟孟家少爷的婚约能

毁吗？”

“去青楼怎么了？你今天不也去了？”晋秋不以为然，一颗花生米一口酒，快哉快哉！

晋诚急道：“我跟他不一样，再说了，我能去那儿，不都是因为你的正事儿嘛。”

“我的正事儿？”她点点头，“那你瞧见他干不正经的事儿了？”

“没。”当时他掉头就走，谁还看这等龌龊人啊！

“所以，你随口胡说污蔑他了？”晋秋反问。

晋诚额间冒了汗，这次可不是被吓的。他站起来，难得发了通脾气：“反正你不能嫁，要是叫地下的弟兄们知道了你嫁给这种人，肯定气得半夜拍你床！”

呵，还会威胁她了。晋秋瞧着晋诚转身去了院子，然后“嘭”地把房门关上。

“小兔崽子。”

鸢月的消息来得很快。

晋诚还在闹脾气，晋秋亲自去了一趟翠悦轩。她长得英气，又一身男儿装扮，倒是没叫门口的几个龟公怀疑，客客气气地迎着人进了鸢月的屋子。

晋秋来天津一年，开了间古董店，没惹上什么麻烦事，该打点的地方做得滴水不漏，全是靠了鸢月的帮忙。两人今日却是第一次碰面，当年鸢月的父亲刘剩欠了不少赌债，卖了女儿还了债才上山当了土匪。晋秋是从别的兄弟那儿听来了此事，卖女求财，天理不容，当即剁了刘剩三根手指，又托人把鸢月给赎了回来。只是兄弟回来说，鸢月不肯见刘剩，自己心甘情愿留在翠悦轩，不过承了晋秋的恩，承诺若以后有帮得上忙的地方自当赴汤蹈火。

“秋姐姐。”鸢月本生了张清秀小脸，可惜涂抹着浓妆，瞧着似鬼非人的。

寒暄了两句，晋秋便搂着鸢月走出房门，一个龟公打旁边路过，晋秋在鸢月脸上亲了一口，龟公识趣地走开。

“辛苦你了。”

鸢月笑：“姐姐不要跟我客气，到今日我还能是个完好之身，多亏了姐姐当日相助。这份恩情，鸢月一辈子记得。”说着亲昵地揽上晋秋的胳膊，往前厅走去。

幽径交错，晋秋绕得有些头晕，歇息在竹亭里，一扭头，就瞧见了晋诚口中那个“迂腐的读书人”。

“姐姐认得孟少爷？”鸢月望着那个怀里抱书的男人，问晋秋。

就在那个瞬间，晋秋与那个男人四目相对，内心有片刻的汹涌。

而只匆匆一眼，男人就拐进了另一条小道。

“认得。”晋秋答。

鸢月双眼含春，轻笑：“是心上人？”

晋秋答非所问：“他经常来这里？”

“经常。”鸢月肯定。这可不是什么好地方，女人汤里过，难免惹香。她本想逗逗晋秋，没想到晋秋脸上看不见一丝怒气。

“姐姐很相信他？”鸢月好奇。

“不信，”晋秋停顿了一会儿，又说，“才怪。”

鸢月靠近晋秋：“孟少爷虽然每日都来，为的可不是我们这些情浅女儿。听说他也是为了来打听消息。”

“付老板？”晋秋想起自己来这儿的目的。

“是。”

原来孟肆修也是为了打听那些宝贝的下落来的。

“果然，女人汤里，藏得最多的不是女人，而是各路消息。”晋秋的食指点在鸢月的鼻尖上，叫旁人看起来，十足的打情骂俏模样。

偏偏那个不巧出现在这里的旁人，是覃一洋。

“那我先退下了。”鸢月瞧着晋秋不悦的脸色，识趣地走开。

她不放心，回头，看见晋秋一拳头正往那个脸色同样不好看的男人身上砸去。

晋秋的拳头被覃一洋的掌心给接了下来，然后步步紧逼，把晋秋禁锢在了他跟竹亭的柱子之间。

“晋秋，如果你自觉没理，可以说一声我错了。”覃一洋五指微微使力，晋秋攥紧的拳头上就见了红印记。

“我认错？我为什么要认错？”晋秋反问他。

覃一洋抓着她另一只手的手腕，举过头顶：“一，这种地方你不该来；二，你的身份不适合这儿；三，你怎么、怎么能……”磕磕绊绊了半天，他也没把第三个理由给说出来。

晋秋没了耐性，挣脱开他的禁锢，好笑着问：“我什么身份？女人找女人，我这样的身份清清白白。倒是你，怎么……”她贴近他，上次他额头磕破的地方还缠着白纱，白嫩的手指从额间顺着他的下颌慢慢往下一直到衣领的地方，然后一把揪住，“自知配不上名门家的小姐，所以来这儿物色未来夫人的人选了？”

她在嘲笑他，嘲笑他的出身、他的过去，还有他的以后。

覃一洋不怒反笑，弯着腰，眼角甚至有了湿漉，他说：“晋秋，你的胆子快要顶破这天了。”然后脸色突变，将晋秋抵在围栏上，居高临下地看着她，“你不要忘了，我们是一样的人。我配不上名门家的小姐，那你又如何？当真信了孟瑋修会娶你的鬼话？”

八年前她跟孟瑋修私订下的婚约，他居然知道！

晋秋不可思议地看着他，眼里的愤恨几欲喷发出来。

覃一洋还在笑，嘴角轻扯的弧度叫她毛骨悚然。可是，凭什么他就断言了那是鬼话？

“覃一洋，”她依然嘲笑他，“我们才不是一样的人。我土匪窝出身，天生罪大恶极十恶不赦。你呢？妓女生下的孩子，趋炎附势狼心狗肺，不过是一只在狮群里长大的狼崽子，也想跟狮王的孩子斗？”

覃一洋叹息，说：“是你说，我这只狼崽子割掉了狮王的喉咽。”

“你！”晋秋怒不可遏，右腿膝盖弯曲直直往上。

覃一洋伸手挡下，双腿顶住晋秋的膝盖，捏着她的下巴：“晋秋，女儿家要有女儿家的样子，无论是打扮和言行，你有哪一样能让孟瑋修瞧得上你？”

“嗬。”晋秋抬眼看他，“覃一沣，你我什么关系，我做了什么，妄图了什么，都与你何干？”

那些好似忠言逆耳的话，我为什么就得听你的？

与你何干？与我何干。

覃一沣微微诧异，禁锢的力量慢慢消失，叫晋秋从中轻松挣脱开来。

他十三岁的时候跟着母亲覃兰雪被晋雄掳回屠神寨，看守他的人在门外说晋雄看上了覃兰雪的美艳收她做第三任压寨夫人，里头那小子也算得上是寨子的小少爷了，得好吃好喝对待着。

缩在房门后的覃一沣觉得五雷轰顶，叫吼着要找覃兰雪。

外面的人说：“小少爷，你日子舒坦，就别找不自在的了。”

鬼的日子舒坦，鬼的什么屠神寨，他才不要当土匪！

再抬首的时候，晋秋已经不见了人影，覃一沣垂着手坐在凉亭里，一阵轻轻的脚步声从左侧传来，他听见一声嘲笑说：“九当家的原来喜欢这种的。”

性子泼辣，还一身男儿装扮的这种。

覃一沣抬眼，孟建修站在三米开外的地方，手里还抓着两本书。

覃一泮扭头嗤笑，果然是读书人，羞辱人也不带脏字的。

“你笑什么？”孟玮修恼怒，指着覃一泮问。

“没什么，就是看见孟大少爷出入这种地方，还会有闲心思去管别人的事。”他说话的时候起身站在孟玮修面前，一只手搭在孟玮修的肩上，似语重心长一般拍了拍，然后走开。

“你！”反应过来覃一泮是说他流连风月场所，孟玮修更是羞红了脸。

自己才不会做那等龌龊事！自己只是……孟玮修深吸一口气，劝解自己不要动怒，等明天收集了证据先一步查清宝贝丢失的原委，看他覃一泮还怎么在父亲面前得意。

想着，他双手背在身后，往亭外走。

一个身穿旗袍的女人拦下他：“孟少爷雅兴。想必孟少爷也是为了付三老板丢宝贝一事来的。”

孟玮修正视前方，眼睛里有嫌恶之意，却在听见付三名字时怔了一下。

还没开口，那个女人又说：“孟少爷，有一事相求。当然，如果你答应我，会更让覃一泮丢了颜面。”

哦？听起来，是件能商量的事。

“孟老板那里，就烦请少爷不必亲自去了。如果，查明了这件事来龙去脉的人是覃一沣的仇人，那不是……”纤纤手指顺着他胳膊游走下来，女人凑近他，一阵海棠花香弥漫开来，“不是更好玩吗？”

孟玮修来了兴致，低头同女人交谈了两句，然后心满意足地离开。

女人瞧着孟玮修得意的背影，笑容也越发明朗。

“鸢月，怎么还在这儿站着呢？周少爷来了，点名要见你。”穿着黑色长衫的龟公捻着胡子，一脸谄媚地说。

鸢月回身，巧笑盼兮：“来了。”

孟曼新被小厮拦在门外，换作以前他可没有这个胆子敢招惹曼小姐，可是九爷说了，谁也不见。

“他的狗胆子倒是大，他连叔叔也不见吗？”孟曼新双手抱在胸前，描画精美的眉毛这会儿紧皱在一起，看样子就要发火了。

小厮眼神闪躲：“这……这……”惹上这位小姐，这不是要了他的命。

“好了，话都说不清楚，滚一边去。”推开小厮，孟曼新径直

往西苑去。

小厮真不敢拦，再多言一句，他怕是得横着被人扔出孟宅了。

覃一沣的院子是孟炳华特意给他置办的，离东苑倒不远，却显得清静些。平日里除了打扫，下人们也不常来，若是孟炳华遣人来，也只是站在院门外让小厮交代一声。

没什么人烟气，是孟府下人对西苑的唯一印象。

孟曼新再往里走，先瞧见了一排盖着青色琉璃瓦片的屋顶，往下看，台阶上放着几盆叫不上名字的绿植，这会儿正是好生长的时节，那些绿植却枯败得仿佛是秋末初冬的时候。

“啧！”孟曼新轻叹一声，真是可惜了。

人站在小屋外往里瞧，印花的玻璃样式复古，波浪褶纹，看不清里面什么模样。

叮叮咚咚的声响从房里传出来，然后咣当一声重响，孟曼新推门而进，慌乱地问：“沣哥哥你怎么了！”

覃一沣正坐在桌边，手上抓着一截斩断的木头，另一截就落在他的脚边。听见有人叫他，他呆滞的眼神聚焦瞧过来，然后说：“哦，曼新来了。”

他第一眼见她的时候就管她叫曼新。一个出身卑微如同下人的孟家继子，如此大胆地直呼她的名字，尽管她脸上有气，可是心里，好像被人震荡了一番。

“你的伤好些了吗？我听说你这几日为了商会的事在外奔走，怎么也不顾及着自己的伤势啊？”孟曼新靠近覃一泮坐下，不顾男女有别抓着他的另一只手，关切地问。

“没事了，一点小伤而已。”白纱已经拆去，伤口结了痂，镜子里的覃一泮让人瞧着好笑，像极了说书人嘴里的志怪二郎神。

他自嘲地笑了笑，旁边的孟曼新却觉得出了大事了。这哪里只是点小伤，怎么说也是伤着了脑袋。那里脆弱，轻轻磕绊一下也是要不得的。

她试探着问：“要不再找医生来瞧一瞧吧？”

她这会儿才瞧见，覃一泮抓着木头的那只掌心也出了血，木头断开的截面上染上了点点血迹。

不行不行，她着急起身，被覃一泮拉了回来。

“不要多管闲事。”他说话的时候语气冰冷，好像对着一个不相识的人一般。

孟曼新咬唇，问：“泮哥哥，你是不是嫌我烦啊？”

“没有。”他抬头，笑着，“只是染上了墨迹而已。”他眼神瞥过旁边书桌上的油墨，一张宣纸上面涂了好些颜色，黄的、蓝的、绿的、黑的，偏偏就是没瞧见红色的。

孟曼新抿嘴站在一边，然后说：“我都听刘叔说了，小叔是不是为了商会的事责怪你了？我去找他说理去。你有伤在身，本就该先将这些闹人心的事搁置着，就算……”

“曼新。”

又是这样的一声，温柔的、多情的，每次他叫她，她都觉得天旋地转，这个世界好像就只是她跟他的。

“啊……”她站着没动，等待着他的下一句。

“不用替我担心，过上了这样的日子，要承受的东西，就只有这些而已，我庆幸还来不及。”他说得断断续续的，好像自己也在斟酌这些话说得对不对，该不该。

可是孟曼新听不懂。她从小锦衣玉食，就算父母早亡，可是被孟炳华接来孟家后还是过着跟从前一样的奢华日子。对她来说，不过就是换了个地方生活，还有……还有就是父母亲不在身边，而在天上看着她罢了。

“好。”她答应着，然后问，“哥哥明天就要去北洋学堂报到了，以后你还会经常来找我玩吗？”

北洋学堂？覃一沣眼里闪过一丝光芒，他的指腹轻抚着木头的断截面，豁然开朗地说：“你哥哥，是个了不起的人。”

没由来的一句，叫孟曼新听得愣住了。

“你也是呀！这些年你帮叔叔做了好些生意，他喜欢你喜欢得不得了。”孟曼新才不愿意瞧着覃一沣妄自菲薄的样子，这样子的他好像丢失了灵魂一般，游荡在世间，不知道来自哪里，又能去往什么样的归处。

“不一样的。”覃一沣喃喃自语。

他心里明白，无论他在这名利场里留下了多么让人瞠目结舌的传说，又有多少人艳羡他不凡的能力，他跟孟肆修都是不一样的。

一个生来就在黑暗里的人，那么强烈地渴望阳光自由地洒在他的身上。有一天，他却看见有一个人从出生那一天全身就被光芒笼罩着。这样的人生，他不知道有多羡慕。

2.

刘克站在书房外，里面没有一丝动静。就在他要进去的时候，孟炳华走了出来。

梅花便落满了南山

“来了吗？”烟斗一直没有离手，可是也不见他抽过。

刘克说：“来了，在大厅里等着呢。”

“老九呢？还在置气呢？”孟炳华想起上午时覃一泮失魂落魄地走出他的房间。

“曼小姐去过一趟西苑，应该是没什么事了。”

孟炳华点头，难得地给烟斗点上了火。他看着精神不太好，只穿着一件墨色长衫，人被包裹在里面，风吹来竟叫他没站稳，险些摔下台阶。

“老爷，他会明白您的苦心的。”刘克叹息一声，然后宽慰孟炳华。

孟炳华听了更稳不住心神，踌躇着，说：“到底不是亲生的，说重一句话，才会像现在这样担忧着。”

刘克没说话，孟炳华待覃一泮的好，他都看在眼里，所以才明白孟炳华为何如此心不在焉。

“走吧，不能让人家小姑娘等久了。对了，她身边那个小兄弟来了吗？”

刘克记得那个孩子，长得瘦瘦小小的，像个病猫儿似的。

“来了，两人感情好像很好。”

孟炳华笑："是啊，当年要不是出了那件事，老九现在可能还跟在她身边呢。"

"老爷，过去的事就不要想了。"

这会儿暮色更深，院子里点了灯笼，人影晃动着。

谁也没回头看，幽幽的小径里，暗藏的灰色正在汹涌袭来。

上午的时候覃一洋被孟炳华叫进了书房，因为付三丢宝贝的事有了结果。

九州商会产业多，天津城里只要是个生意人都受着孟炳华的照拂。当初付三丢了宝贝会找来孟家，不过是因为想找个能做主的人。能做主的，那都是面子大过天的人。

在天津城里，孟家就是天。

可是这片天，现在被别人给捅了一块。这威严，同样也被人捅了一块去。

"捷足先登。谁说土匪窝里出的都是蛮横人，他晋家的女儿还算有点脑子。"孟炳华连正眼也没瞧覃一洋，手里握着笔在一页页纸上签过，然后蓦地笑了。

覃一洋垂着头，当然知道孟炳华这话是故意说给他听的。

“是我做得不好。”

孟炳华说：“没你的事，你养着伤，这事急不得。”

覃一沣没再说话。即便孟炳华宠他，可是他自己心里也明白，底线该放在那里，恃宠而骄，他还没有资格。

“听说修儿也在那里出入了几天？”不知道谁传出来的消息，传来传去就传进了孟炳华的耳朵里。

“是。”那一日，意气风发的孟肆修居高临下地瞧他，势在必得的样子还历历在目，往后两日却没了动静。

覃一沣猜想，孟肆修跟晋秋两人，大抵是已经见过了。

想到此，覃一沣心里却莫名酸楚。

“这小子，还不成气候。”即使是亲儿子，孟炳华也毫不留情。

可是覃一沣心里苦笑，因为孟肆修才是亲儿子，所以孟炳华教训起来从无顾忌，反倒是待他，处处刻意了。

“老爷，帖子已经递过去了。”刘克在门外禀告。

孟炳华扣上笔，交代着：“晚上我邀请了晋家，你若是不想见，便不用来了。”

然后就叫覃一沣出了书房。

晋诚头一次见着这么大的宅子，那忍不住对这富丽堂皇流口水的模样颇有一番刘姥姥进大观园的姿态。

晋秋一巴掌拍在他的脑袋上，指着前面的小池塘说：“瞧见那儿没？哈喇子都给我往那儿滴，也许孟老爷会感谢你长江黄河一般的口水养活了整池子的鱼，收你做个小厮也没准儿。”

又被取笑，话还说得这般过分，晋诚收起艳羡的眼神，老老实实地跟在晋秋身后。

前两日他闹的那通脾气，就是在晋秋的恶言恶语中吓得给散没了的。

能有多大的事呢？要孟肆修真是个花花公子，他姐若还是执迷不悟，他就亲手执刀了结了呗。他死不死的，跟他姐过得好不好比起来，也没多重要。

孟家设宴邀请缺月坞老板一事，在这个晚上便在天津城里传开了。

听闻消息的付三一边为了失而复得的宝贝高兴，一边又恨不得再抽自己两个嘴巴子，当初怎么就听信了酉家老板的话去蹚了这浑水呢？

梅花便落满了南山

说起这闹得天津城沸沸扬扬的丢宝贝一事，全是八大家中的西家造的孽，因不甘居于孟家之后，便想着法地把孟家名声搞臭。孟家的威严一丢，还有谁敢再信孟家了呢？如此，西家离出头之日便不远了。

可是谁也没想到，中途被人截了道，将藏在暗处的西家给揪了出来。如此真相大白，叫付三悔不当初听信了谗言。

而查出真相的那人便是缺月坞的老板——晋秋。

而现在谁又看不出来，孟家找上缺月坞，不仅因为晋老板帮孟家保住了颜面，还有就是为了那间古董店铺。

当然，晋秋可不是傻子，别人能看出来，她还不早看出来了。

见着孟炳华的第一眼，晋秋礼貌一笑，有片刻的恍惚，心里念想着，孟肆修跟自己爹长得可真像，除了眉眼，连身上那股子读书气儿都一模一样。

“早听说孟老板当年拜在光绪提督门下，练得一手好字，不知道什么时候能目睹一下风采。”晋秋笑着同孟炳华打招呼，面上瞧着可人畜无害了。

晋诚在一旁偷偷地笑，他姐什么时候也会说这些酸词儿了。

孟炳华见晋秋少年老成，身上那股蛮横气却不收敛，是个性情中人，也乐得同她说话。

两人在大厅里说了好一会儿的话，刘克来请，说菜已上好。

起身的时候，晋秋朝屋子瞧了一圈，孟炳华没跟她兜圈子，说：“知道你跟沣儿有过节，怕你拘谨，也就没叫他来了。”

难怪孟老板坐上了今时今日这个位置，他这人不是只会谈生意，谈起感情的错综复杂，也是个老手了。晋秋心想。

可是，他却猜错了。

她找的可不是什么覃一沣，而是另有其人。

孟家是大宅，宅子里四通八达，绕来绕去的好似一座小迷宫。当然，晋诚可没亲眼见过什么迷宫，只是在说书人的嘴里听过国外的一些惊奇建筑，想来，大概就是孟家这般的了。

孟炳华居上座，人倒是热情。通晓待客之道邀请晋秋坐在他的右侧，刘克在孟炳华耳边低语了两句，然后就叫下人退下，规矩地站在一旁。

晋诚挠挠头，费解地问晋秋：“这位老先生不落座吗？”

晋秋翻了个白眼，有些恨铁不成钢：“你以为哪个大户都跟咱

屠神寨一样，不分上下的？”

晋诚听明白了其中的意思，除了这一句，还有就是叫他多吃饭少说话。成吧，这一桌子大鱼大肉的，他这辈子能赶上几遭啊？当然乐得多吃两口了。

不用拘礼，是孟炳华一开始就落下的话。他吩咐刘克把桌上三人的酒水斟满，然后自己先饮了一杯，那仰首的样子颇有饮尽天下美酒的气魄。

一杯饮尽，他低笑：“秋丫头也来一杯？”

他并不强人所难，在晋秋微微摆手后便作罢，又顾及晋诚，两人对饮一杯，他笑称这小兄弟倒有几分魄力。

晋诚扯晋秋的衣袖，扬着头，眉挑两下，好像在说：“你看，撑脸不？”

晋秋对他这种三岁娃娃的行为嗤了一声，不巧声音挺大，落进孟炳华的耳朵里，问她：“对菜色不满意？”

她放眼往桌上瞧，鲍参翅肚鸡鸭鱼肉，怎么不满意？

只是她还没开口客气，就听见一阵铜铃声响，空气里还夹杂着一股淡淡的梨花香味，她双眼轻抬，就瞧见个穿着洋装的姑娘款款走了进来。

“小叔！”

孟曼新径直朝孟炳华身边走去，纤细的胳膊揽在男人的肩上，额头亲昵地蹭了蹭孟炳华的额头，随即坐在他的左侧，逗得孟炳华哈哈大笑。

“这是我的侄女，孟曼新。这是缺月坞的老板，晋秋，旁边那位是她的小兄弟，晋诚。”孟炳华介绍着，脸上的笑容越来越浓郁，看得出来，他对这个侄女很是喜欢。

介绍完，晋秋冲孟曼新笑了笑，没想到这位孟小姐正眼也没瞧她一眼，自顾自地握着筷子往孟炳华碗里夹菜，一边夹一边还说着：“我听说你早上训斥了沣哥哥是不是？才不是刘叔说的，宅子谁不知道啊？”

像是在撒娇，哄得孟炳华连连点头，最后跟两个孩子一样约定了再不能对覃一沣说重话后才老实吃饭。

安抚好孟曼新，孟炳华微微侧头，跟晋秋小声耳语：“我就这么一个宝贝侄女，只能宠，只能宠。”

晋秋笑而不语，连兄长过世后带回来的侄女都能宠上天，那覃一沣这个替他卖血卖汗的继子想来也亏待不了。

啧，看来，覃一沣的小日子过得倒是比她滋润多了。

正想着，她就觉得大腿被人掐了一把。想也不用想，这张桌子上能干出这种事的只有她的小兄弟——晋诚。可是这小兄弟今日胆子大了些，还敢掐她了！

“嗷！”真疼啊！

席间几人均投来目光，晋秋这才发现，正堂里多了一个人。

那人正跨过门槛，脚落在地面上。晋秋眯眼，好像看见了一层细细的灰尘飞扬，她垂眼轻笑，脸颊微微潮红，女儿家的娇俏模样显露。

孟玮修刚刚从北洋学堂赶回来，新晋的校长听说他留洋回来，留他说了好一会儿话，直到暮色深沉才放了人。

一落座，孟玮修就察觉有个眼神从他进门开始便落在他的身上。他抬首，就见那个人躲过，只能看见半边侧脸。

灯光昏暗，他仔细瞧了两眼，心里突然一惊，握在手里的筷子掉落在桌面上。

孟曼新侧脸：“哥哥？”

孟炳华不动声色地举杯饮酒，当看不见孟玮修的失礼。刘克上前同孟炳华说了两句话，孟炳华开口：“有急事处理，你们先吃。”跟晋秋微微点头，“修儿，帮我好好招待晋秋丫头。”

孟炳华走后，孟曼新跟孟玮修聊过几句后便挑了几样菜给覃一泮送了过去，偌大的正堂里只剩下吃得索然无味的孟玮修和晋秋，还有一个吃得发了晕的晋诚已经趴在桌子上睡着了。

“要出去走走吗？”提出邀约的人站在门口，指着天边升起的一轮弯月问晋秋。

“好啊！”没有羞涩和拒绝，晋秋迅速应声就好像一直在等着他问出这句话。

庭院深深，晋秋走在孟玮修的左边，挨着一排矮树丛，小腿遭了不少罪，雪白的皮肤被划开了好几个细长的小伤口，步伐停停顿顿。

开始她还能忍着，到后面就隐约有些不行了。一小股温热的液体滑落至脚踝，她低头瞧，就见一小条血河从小腿左侧缓缓流下。她弯腰，伸手就蹭掉血迹，抬头的时候一愣，孟玮修就站在她身前。

“划伤了？”

“是啊。”她轻轻点头，然后伸出手，“你看。”

模糊的血迹在掌心里洇开一小片，空气里有一丝淡淡的腥味。

孟玮修蹲下身，从西装口袋里掏出一块方帕，系在划伤的地方。

他简单处理后直起身，如释重负地说："晋秋，你一点儿也没变。"

蓦地，晋秋笑了。明眸白齿在夜色中绽放出一朵娇艳的花，她感觉到眼角有微微的湿润，轻轻擦拭掉，说："你也是。"

微风在黑夜里荡过，天边的那轮弯月藏在灰褐色的云后，也许待会儿微风就会停下，弯月不再藏在云后，一切都是顺其自然，理所应当。

就像，他们今日这般再遇见，都是顺其自然，理所应当吧。

"你还记得那一日，你同我许诺过什么吗？"晋秋换到孟肆修的右侧，身上披着孟肆修的西装外套，手心里攥着衣袖。

他说："记得，可是救我的不是你。"

他记起晋秋曾说："要是我救你出去，你就得娶我。"

那时候他身处险境，以缓兵之计答应，只是没想到隔了八年，真又遇见了她。

晋秋毫不在乎，昂着脸："那又如何，我认定你是我的夫君。"

孟肆修干咳两声，想起前两日在翠悦轩匆匆一眼看见的人影，这时候想来有些熟悉，不确定地问："前两日，我们是不是已经见过了？"

听他突然提起这事儿，晋秋愣了愣，答："是。"那时候她一身男儿装扮，没想到他记得。

孟玮修又问：“那日跟覃一沣争执的人也是你对不对？”

“是。”

他叹息：“晋秋，那时候为了保命我默许了你的话，可这时候你却是强人所难了。”

云散去，弯月把漆黑的夜照亮了一半，晋秋瞧见孟玮修脸上为难的神色，也不急，等他慢慢说完。

“那时候被送下山，听闻了后来的事，我却有些隐隐担心。”他站在距晋秋一米远的位置，“报纸上说你不知所终，我猜想，那你一定还活着。活着，就会来找我。”

越说到后面就越像是喃喃自语，他留洋多年，除了母语还会叽里呱啦的英文，可是这时候却不知道在说些什么了。

只是知道从今日见着她的第一眼起，他埋在心里许久的疙瘩总算放下了。

他问：“或许，我们试一试？”

晋秋听到此，却笑了：“听说国外崇尚自由恋爱，以为你只学了些洋墨水，没想到连这个也学了回来。”

被噎得无话反驳，孟玮修低下了头。他心里矛盾，可是说不出

里面是什么滋味，他知道他当然可以在听闻晋秋的荒谬之论后转身离开，可是他也知道，他不舍得。

他再问：“可以吗？”

晋秋没有说话，转身往回走，然后嘴里念叨着：“晋诚应该醒了，他今天吃了不少，想必以后会天天惦记着你家厨子做的饭菜。”

孟肆修站在原地不动。

晋秋回身，说：“若是我答应了，以后他便不会在我耳边念叨，想来就能来了是不是？”

孟肆修喜出望外：“是。”

“那成，那便试一试。”

那一日夜里，晋秋在房间里倒腾了许久。晋诚坐在院子里，瞧着他姐一趟又一趟地往外扔东西，最后忍不住问：“这些衣裳你都不要了啊？”地上凌乱地堆着一堆素色长衫，对襟被剪开，散开的丝线缠绕在一起，密密麻麻分不清楚哪根线是从那件衣服上散出来的。

晋秋没搭理他，忙活完柜子里的衣裳，又问晋诚：“你给我买的洋装呢？扔哪儿了？”

晋诚把地上的衣裳挑挑拣拣，想了一阵说：“西厢房的柜子下面儿，你要穿啊？”

她点头，往西厢房走，忽然又停住，把别在腰间的钱袋子扔给晋诚：“明日再买几件回来，还有旗袍，好看的都买。”

晋诚不明白，只闻见空气里散着的香味，是他买回来的香包味道，他愣神片刻后，大喊：“姐，咱家穷得你要卖身补贴家用了吗？”

一个花瓶被扔了出来，晋诚躲得快，只听见花瓶落地的清脆声音，想着幸好自己身手还不赖，不然脑袋上准砸了个血洞来。

他眼睛往地上一瞧，心安，他们家还不至于穷到要他姐卖身的地步。你看看，地上那些碎瓷片完整的时候可是唐代时候的玩意儿，要没钱晋秋能舍得砸了？

晋诚食指托着下巴，想了想，又喊：“老天爷，她动春心了！”

一件瓷器又被扔了出来，砸在晋诚身上，然后是一声怒吼：“死远点儿！”

孟家。

刘克从书房里退出来的时候正巧碰上回房的孟肆修。书房里还亮着灯，孟肆修拦下掌着灯的刘克：“父亲用过晚饭了吗？”

晚饭的时候孟炳华匆匆下桌，碗碟里都还干净着，酌了两杯酒，身子该不舒坦了。

刘克客气着：“刚刚用了一些，胃口有些不好，只尝了半碗清粥。”

里面有细微的说话声，孟玮修透过纸糊窗户往里瞧了一眼，看见有个模糊人影立在桌前。

“覃一泮也在？”

刘克低头：“在。商会的事还没处理完，九爷在屋子里跟老爷说着话呢。”

孟玮修思索一阵，然后说：“明天开始我就要去学堂了，父亲的身子烦请刘叔多照顾。”

“少爷客气，这本来就是我的分内之事。倒是少爷要保重身体，老爷心疼你心疼得紧，切莫太操劳了。”

客套地寒暄了两句，孟玮修便要回房，手搭上门锁，他就听见身后的刘克说：“老爷说，不管少爷想要做什么，就尽管去做。孟家家底算得上丰盈，能照拂子孙，所以少爷不用顾忌其他。”

明明是宽解的话，却一字一句如针扎般落进孟玮修的心里。

扣上门，孟玮修点亮房间里的灯，片刻之后又熄掉。黑夜里，他好像听见了孟炳华的声音，听不太真切，只知道孟炳华语气平稳，在交代着什么。然后，另一个声音回答他："我会的。"

他不用去辨认也知晓这个声音是谁的。

前一日夜里，他迟迟不能入睡，在院子里静坐时看见孟炳华的书房里还亮着的灯，本来想同父亲说说话，在门边时才听见里面的说话声。

"修儿心性骄纵，从小被宠上了天，遇事容易慌乱，以后你要多帮帮他。"

窗户支出一角，他往里瞧，覃一泮站在孟炳华的书桌前，双手背在身后，细细听着，然后说："我会的。"

我会的。简单的三个字，竟然叫窗外的人险些跌下了台阶。他没想到，他在父亲的眼里，还比不上一个毫无血缘关系的外人。

他心里波涛翻滚，连着喘了几口粗气，随后一路跌跌撞撞地回了房间，更难以入睡了。

第四章
若是你喜欢，我定去寻来送你
MEIHUABIAN LUOMANLENANSHAN

1.

第二日一早，孟炳华瞧着孟肆修的脸色不太好，关心了两句，都被孟肆修闪躲了过去。

孟曼新跟着覃一沣从偏厅里出来，见着孟肆修，便拉着他的胳膊。她的同学都知道了她的哥哥要来学堂任教，她答应了中午宴请他们吃饭。

同孟炳华一样，孟肆修待这个妹妹也好得无法无天，他的心情渐渐开朗，手指点着孟曼新的鼻子，答应着：“没问题。”

孟曼新巧笑，问一旁的覃一沣：“沣哥哥也来，好不好？”

覃一泮瞧着没说话的孟珒修变化的脸色，笑着："商会近日很忙，抽不出时间来。"

孟曼新有些可惜："那也得吃饭啊。"

覃一泮宽解她："晚上在家里咱自家人关上门再给珒修庆祝庆祝。"

孟珒修扭头轻亨一声，对他的话充耳不闻，转身走出正厅。

宅子外已经备好了车，孟珒修跟孟曼新坐在后排。

孟曼新跟车外的覃一泮说："你不跟我们一起吗？"

覃一泮摇头："我同父亲一道去商会。"

说着，孟炳华正好出来。

孟曼新也不强求，跟覃一泮挥手缩进车里。

车子启动，他们先出发。

车子经过一条小巷，里面有支着摊子卖早点的小贩，铁锅上叠着好几个蒸笼，掀开一层，烟雾就散开来。

迷雾里，孟珒修好像瞧见一个穿着旗袍的女人正含笑看着他。她扔下两个铜板后，走出小巷。他转身往后瞧，那个女人果真站在巷口的地方，朝他挥了挥手。

等孟曼新和孟珒修走远，孟炳华同身边的覃一泮说："商会里的事不急，你再养两日身子。”

他说话的时候便已坐进车里，没有让覃一泮上车的意思。

“父亲。”

孟炳华面色冷淡话却关切：“再放你两日假，回来后可就没这么轻松了。”然后吩咐开车。

车轮卷起细小的灰尘，覃一泮置身之中，眼角微润。

孟肆修的第一堂课，便是公开课。

两个班的学生熙熙攘攘地坐在一间稍大的教室里，只余了两三个空位。

他翻开教案，先自我介绍，然后英文翻译。他口音纯正，叫学生们听了微微咋舌。下面的讨论声细微，但是左边一团右边一团，听着就有些吵闹了。他敲响桌面，问下面的学生们：“你们谁能做一下简单的英文介绍？”

这下底下的人你看我我看你，纷纷噤了声。

孟曼新坐在教室右边第三排的位置，左边的同桌是个穿中山装校服的男生，见此不由得跟孟曼新轻叹：“你哥真厉害，一句话噎得这些兔崽子不敢说话了。”

孟曼新瞪了他一眼："大家穿得一模一样，那你不也是兔崽子了？"

男生嬉皮笑脸，口无遮拦："咱俩跟他们不一样。"

"谁跟你咱俩啊？"孟曼新跟右边的女生换了个位置，动作大，被孟瑋修瞧见了。她微微吐舌表示抱歉，然后老老实实坐在位置上。

第一堂课，孟瑋修讲的是英国的发展历史，他讲课很幽默，爱用现实举例，学生们听起来觉得有意思，挺直了腰板期待着他的下一个举例。

教室后面的门被轻轻拉开，走进来一个长衫男人，头上戴着顶毡帽，手里卷着份报纸，弯腰落座在教室最后一排左边的空位上。

孟瑋修讲得津津有味，也没瞧见那个人，只是觉得他那顶毡帽挺适合做例，笑着打趣了两句。前面的同学纷纷回头来瞧，就见那人取下毡帽放在桌面上，埋着头，没有动静了。

看不见那人的模样，也许是来听课的老师。孟瑋修猜想。

一堂课过半，很多学生纷纷对孟瑋修产生了崇拜之情，也知道他好说话，于是碰上不懂的，直接问。孟瑋修从来不生气，笑着解答。若是瞧见哪个人听得激动面上有了红，还建议他先冷静冷静，逗得其他人哈哈大笑。

门又被拉开，这下动静挺大，学生们再回头，不少男生吹起了口哨。

那是个穿着红色旗袍的女人，长发盘成髻梳在脑后，脸上化着一层淡妆，看起来明艳动人。她站在教室最后一排环视着，然后抱歉地笑了笑，找了个离得最近的空位坐下。

讲课继续，但是台下的学生们发现，自从那个旗袍女人进来后，孟老师的眼神便总是落在了教室后排，一眼两眼，有时甚至就直直望着那个女人。

孟曼新也发现了，两手撑着下巴，跟坐在右边的女生讲悄悄话，声音大了，台上的人也放任着她不管。

一堂课时间过得很快，尤其是讲课的老师还特别有趣，同学们都觉得意犹未尽，铃一响，就围了上去把孟肆修围在中间。

有个胆子大的男生问："老师，你会写诗吗？酸绉绉的算不得，要高昂的、激情的。"

他说的酸绉绉是指那些情爱之诗。这会儿形势动荡，天津刚刚被划分出去不少租界，少年人内心澎湃，只想着早日为国效力，此种豪情定当是高昂的、激情的。

听人提起，不少同样心有大国的少年眼睛里闪过一丝异样的光

芒，怀有期盼地望着孟玮修。

孟玮修定了神，望着面前这一帮弟弟妹妹般的学生，久久地，掷地有声道："夜里山河入梦来，家中姊妹在城外。何时镜中与亲逢，不日月下尸骨烹。"

落声，孟玮修才惊觉眼角有泪。然后就听见有女生小声地抽噎，旁边的男生轻轻拍女生的肩膀安慰，最后女生哭靠在男生的肩膀上。

断断续续，有不少女生被感染到，纷纷抬手擦了擦泪。

安慰女生的男生叫顾罗安，他仰着一张脸，义愤填膺地说："老师，我们会把失去的土地给拿回来，总有一天，总有那么一天的！"

其他人附和。

孟玮修点头，说："留洋在外的几年，我见过许多的有志之士。他们大多郁郁不能得志，可是他们从没有放弃过心里的信念，他们为了自己国家的富强在坚持着，日日夜夜从未停歇过。你们也是，哪怕只是一伸手一抬足，都心心念念这个落难的国家，那么国家就不会丢弃你们。我们，你、你、你……"他一一指过去，"都是乱世之中为了这个生育我们的国家而活的人，每一日都是如此，每一个都是如此。"

面前的人影晃动着，孟玮修依稀间瞧见刚刚那个戴着毡帽的男人走出了教室，顺着余光看过去，穿着旗袍的女人正盯着他。

推掉中午的宴请，孟肆修取下钱袋让孟曼新带着同学们到洛晖楼好好吃一顿。然后他径直朝女人的方向走去，两三步台阶之后，他站定，伸出一只手，问：“会不会很无聊？”

女人摇摇头，下巴指着讲台边上还没散去的学生们：“我可不敢说无聊，不然他们肯定追着我满学堂打。”

孟肆修轻声笑，带着一点点的玩笑意味：“这里又不是屠神寨，一切有章有法的，哪里还会有人做那种野蛮事？”

晋秋怔神，无话，只是跟着他笑，然后牵着他的手，一起走出了教室。

这会儿刚刚入夏，空气里已经有些燥热了。树影映在地面上看起来像夜晚的星海，这里一点那里一点，闪动着、流淌着。

他们在校园里的林荫路上走了许久，边走边聊着天，一直到中午放学，才觉得时间过得好快。他带着她回学室，早上特意嘱咐了刘叔给他准备了两份饭菜。刘叔以为他第一天上课难免紧张多吃一点心里踏实，也就没多问，哪里晓得多出来的一份饭菜是给一个女孩子准备的。

两人走进学室，只有前一日打过照面的国文系徐教授在，正边

吃着饭边准备下午上课用的教案，抬头招呼过后便自己忙自己的，也没注意孟瑋修身后还跟着个女孩子。

“哎。”晋秋靠近孟瑋修的耳边说，“你不怕被其他的老师看见了说你不务正业啊？”

孟瑋修疑惑：“我跟你在一起怎么算不务正业？”

看来他理解错了。晋秋耐心地跟他解释：“不是我跟你，而是在你工作的地方，我们公然这样是不是有些不太好？”

孟瑋修听了，拉紧她的手，点头道：“是有一点。那把你藏好了，叫别人看不见，偷偷的好了。”

他的桌子在最里面，一张黄木方桌，原本上面空荡，只摆放着两本从图书馆里借来的书，现在却还多了一对小花篮。他惊讶，看见花篮下还压着一封黄皮信，上面有寥寥几个字：一切顺利。

晋秋把信拿过来，瞥过上面的字，笑道：“怎么还会有人做这般酸唧唧的事啊？”

他脑袋里有样东西一闪而过，然后拿过信纸：“假客气。”

孟瑋修当然认得那字迹，瘦劲清峻，出自覃一沣之手。他把信纸叠起来，放进抽屉里。

“你同他感情可好？”晋秋见孟瑋修收拾得小心，问他。

“互看生厌。”他拿出两份饭盒，隔着铝材也知道饭菜已经凉了。他将两份饭盒垒在一起一只手抓着，另外一只手去拉晋秋，往食堂去热饭菜。等再回来的时候，桌子上除了那对花篮，还多了两份热气腾腾的饭菜。

晋秋不傻，掀开饭盒，里面的雾气就翻涌而上。她虚眯着眼睛，看见里面的菜色好得出奇，一点儿也不像一个教书先生该有的生活水平。倒像是富贵人家的少爷体验人间疾苦而来，可是生活里依然如同在家一般处处被人照顾。

“你这位兄长待你可真是好啊！”晋秋坐在孟肆修的位置上，看着他从角落里提来一张小长凳坐在她的右侧，然后看也没看那两份新的饭盒，自顾自地把刚刚热好的饭菜推到晋秋面前。

“他多管闲事。”他握着长筷的手指修长白净，从晋秋面前晃过，她的碗里就多了几块红烧肉。

她挑出来，放回孟肆修的碗里。

他以为她在生气，也许是对他的回答不满意，也许是因为其他。女生嘛，不都是这样嘛，有些时候你不得不佩服她们一天里能找出上百个理由来跟你置气。

可是晋秋只是微微皱眉，咬着筷头，含混不清地说：“肥肉太

多了。”

孟肆修暗想，你看，她们总是有太多奇奇怪怪的理由。

但是下一秒，他仔细地把晋秋碗里的肥肉全部挑了出来，等挑干净，自己碗里那些油腻的肥肉已堆成了一座小山。

吃饭时，谁也没再提起有关于覃一泮的一句。两人心照不宣，都明白那是对方不愿意听到的名字，谁也不想给自己或者对方找堵。

饭后，孟肆修带着晋秋把学校参观了个遍。路上碰见用完饭回来的学生，打过招呼后便瞧着他们的背影偷偷地笑。跟自己的爱人在学校里走一遭，想想该是多浪漫的事情啊。

然后他们分别，孟肆修把晋秋送到学校门口，拦了辆黄包车，低下头问她：“跟我在一起，是你想象中的那样吗？”

晋秋不知道他说的想象中的画面，是在再遇见他以前还是以后，可是那些都不重要，她只知道，跟他在一起的时候，她希望这个世界都是她的。

“那你呢？”她期盼着问他。

他看着她，久久地点头：“嗯。”

“那我走了。”晋秋靠回身子，端正地坐在车上，小声地跟车夫说了声可以走了。

“路上小心一点。”孟肆修朝晋秋挥手，车已经走远，可是一只手还是伸出了帘布也朝他挥了挥。

晋秋没有回头看。她不知该怎么形容心里的感受，总归就是没有被幸福包裹的甜蜜感。刚刚她问孟肆修的时候，她明明看到了他眼里的迟疑。她突然发现开心和满足都是她一个人的，那个带给她这些东西的人，却没有感知到。

直到晋秋的车看不见，孟肆修才转身回学堂。这会儿学生们都在午休，大道上很少人，他拐进通往教师楼的小道，左侧的竹林里闪过一道身影。孟肆修认得，戴着顶毡帽的那人，上午还听过他的课。

那人走得很快，像是在躲什么人，一手扶在毡帽上，掩住了半边脸，瞧不见模样。倒是他身上穿着的那件对襟瞧着眼熟，灰蓝色托底的布料上绣着黑线细花纹。

这种花纹他见过一次，回国那日覃一沣身上穿着的，便是这样的花纹。

如此，他便往那人的方向多瞧了几眼，见对方径直往学堂大门而去，接着拦了辆黄包车，落座时脱了帽，但仍瞧不清模样。

孟肆修提着的一口气落了下来，再无他想回了学室。他的脚刚

落进学室里，抬眼就见孟曼新坐在他的位置上，翻着他桌面上的书，旁边还放着一捆打包好的牛皮纸。

“你跟那个小娘子说悄悄话去了，害得我在这里等了你许久。”她将鞋脱在一边，地上铺着张黄纸，两只脚就落在上面。

孟肆修叹口气，皱着眉说：“没有姑娘家的样子。”

孟曼新两眼一垂，委屈着：“这鞋子磨脚得很，怪不舒服的。”然后献宝似的把牛皮纸包着的糕点推给他，“桂芳斋的豆酥，你尝尝。”

解开细绳，两指节长的方块豆酥呈金黄色，外面裹着一层豆粉，看起来叫人馋得流口水。

孟肆修从抽屉里拿出一双黑色的圆口布鞋，比起那双脱在一边的高跟鞋逊色了不少，可好在穿着舒适。

“刘叔早上让我带来的，说新鞋穿着肯定打脚。”

孟曼新不情愿地换上布鞋，听见孟肆修问她豆酥打哪儿来的。

“沣哥哥刚刚送来的啊，昨晚我跟他提了一嘴，没想到他如此上心。”

孟肆修侧脸：“覃一沣来过？”

“是啊，还听了你的课，夸你真有本事。”孟曼新捏起一块豆酥喂到孟珒修嘴边，被他躲过，然后自己吃掉。

孟珒修想起坐在教室最后那排戴着毡帽的那人，轻笑：“还真是有心。”

2.

自从上一次的蛐蛐被晋秋给玩死了，晋诚便换了个新玩宠——斗鸡。

这些东西可不是他玩物丧志才玩上心的，都是隔壁茶叶铺子的老板斗三两教他的。除了斗蛐蛐和斗鸡，斗三两还教了晋诚不少东西，喝酒打长牌，赌钱走商会，怎么瞧着像个富贵人斗三两就带着他怎么做。斗三两说：“虽然咱不是有钱人，可咱得学啊！学学人家怎么生活怎么气派，万一哪天咱发了横财，咱也不慌不乱从容应对是不是？”

晋诚觉得他的话在理，就是爱异想天开。发横财这事，轮不上天天在斗场的斗三两，更轮不上他晋诚。他就图一乐呵，高兴了就成，别的可不敢多想。

斗三两的鸡是刚买回来的，花了不少钱。听说入他手之前，这鸡在日租界那些大腹便便的有钱人手里雄风赳赳，连赢了十一场，

所以叫“小十一”。

“这个要不成，我当场就把它脖子扭了！”之前输得太狠，斗三两差点儿把茶叶铺子都给抵了出去，幸亏被晋诚给拦了下来。斗三两觉得这兄弟仗义，于是买回小十一后参加的第一场比赛，怎么着也得带上晋诚。

“细说起来你也算它半个爹，要不是没有你，它连个住的地方都没有。来，叫声干爹听听。”斗三两把小十一抱在怀里，跟它耳鬓厮磨。

晋诚浑身哆嗦着拒绝：“得了吧，我刚死了个蛐蛐儿子，不想再来个斗鸡儿子了。”

上次晋秋堆在后院里的蛐蛐之墓没过两日就被她一脚不留神地给踩塌了，然后一脸嫌弃地刨着鞋上的泥土，苦恼道：“做这种事儿就是给自己找麻烦。”

所以晋诚可不敢给晋秋找麻烦了，啥活东西也不敢往缺月坞里捎了。

斗三两听了不乐意，自己花了大价钱买回来的金龟儿子还叫人瞧不上了？他眼睛一瞪胡子一吹，嘟囔着：“果然，发了财就瞧不上我们这些平常东西了，就往日的那只蛐蛐，可不是你求着我送你的？今日不同了，嫌弃我们这些穷酸人了。”

晋诚耸肩：“谁发财了这么不厚道？”

“你！”斗三两转过身不看晋诚，把斗鸡的眼睛捂住也不让它瞧这个没良心的“干爹”。

晋诚蒙了：“狗屁，我一穷二白的，哪就发了财了？要真发了财，钱呢？大洋呢？”

斗三两以为晋诚欺负他不懂：“我可不傻，你们缺月坞攀上孟家，钱不钱的不是说一嘴就七八九辆车给拉过来的事吗？更别说人家孟家还管着银号，谁知道你是不是早把钱给换成银票揣进裤裆里了啊？”

“胡扯！”晋诚气得翻出白眼。

斗鸡比赛就要开始，斗三两撞开晋诚，不以为然：“不信你去大街上随便拉个人问问，看谁还不知道你们缺月坞被孟家给收购了。”

晋诚连嗤带哼地跑回缺月坞，门一推开，就见一个清瘦的男人背影立在屋中央，背着手，瞧着房檐上的那面铜镜。

听老生意人说，房檐上放铜镜可是有大讲究的：一是说镜明

心亮，打起算盘来手不抖心不乱；二是说震鬼邪，叫那魑魅魍魉进不来。

那人听见门响，回头，冷峻的脸色有了些缓和，叫他：“小诚儿。”

小诚儿。以前他们都还在屠神寨的时候，覃一沣便这样叫晋诚，一个是烧火的小帮厨，一个是挑水劈柴喂马的小杂役。晋诚那会儿不明白，寨子里的兄弟为什么都不喜欢这个小哥儿，不是说他是大当家的儿子吗？同是大当家的儿子女儿，为什么秋姐儿过得酒足饭饱，他却跟自己这个小土匪一样做杂活儿呢？

后来晋诚才知道，那个被其他兄弟欺负得浑身是伤的小哥儿是大当家抢回来日日蹂躏那女人的儿子。说起来，他跟大当家的一点儿关系也没有。兄弟们说荤话的时候也不管他在不在，张口就来：“那婆娘要不是在床上能哄得当家的高兴，她那儿子不知道被扔出去几回了。当初还能好吃好喝地伺候着，现在他娘被玩腻了谁还搭理他呀！就算急红了眼将他打死，大当家的也不会说啥苛责话。”

原来也是个可怜人。小晋诚一边啃着馒头一边想，然后把剩下的半个馒头揣进兜里。旁边的人问他做一上午的活儿不饿啊，他挠着头说，饿了再吃，不然没力气把厨房顶上的瓦盖完。

他在厨房外堆着的瓦片旁找着那个小哥儿。小哥儿捂着肚子睡得不安稳，眉头老是皱着。他把人摇醒，把半个馒头递过去：“给你吃。”

打那以后，那人背着一捆柴从山上缩下来，还没进寨子，就吼：“小诚儿，打碗水解解渴。”

他跟着吼：“哎，泮哥儿，快歇息会儿。”

晋诚的一只手还搭在门上，往事把他推得差点儿跌倒在地。逆光里，根本看不清那人的模样，只是知道那双眼睛正望着他，他往前跨了一步没站稳险些摔倒，幸好反应快手指抠着门板。

惊魂未定，他声音干涩，喊：“泮哥儿。”

覃一泮轻轻应了一声，见晋诚左侧肩膀的衣料上沾着根鸡毛，问他：“喜欢玩斗鸡？”

晋诚闻声掸掉肩上那根鸡毛，摇摇头：“经常看别人玩。”

覃一泮领会，然后自顾自地说：“听说前两日日租界那边重金卖了一只鸡，若是你喜欢，我可以去寻来送你。”

那只鸡，就是斗三两的小十一。

他摆手拒绝，然后把那只一直在门外的脚跨了进来，给覃一泮上了杯茶，两人再无话。刚刚在斗鸡场听闻的消息，晋诚这会儿还

来不及找晋秋确认心里就已经肯定了七八分。而覃一泮作为九州商会的公子亲自出面来谈收购的事，更是叫这事儿添了几分真。

果不其然，一直没露面的晋秋掀开帘子从后院进来时，开口第一句便是：“我有个条件。”

为啥能有条件？不过就是因为晋秋真的有意答应收购的事。

晋诚站在钱柜边上，上面摆着算盘和账本。他出去这一上午的时间，账本上面就啪嗒啪嗒进了好几笔账。他不得不承认晋秋天生是个做生意的料，也不得不承认九州商会收购缺月坞这事儿已经是板上钉钉的事儿了。

可是，他姐怎么就这么同意了呢？

“洗耳恭听。”覃一泮站起身来，跟晋秋面对面站着，眼睛里光彩流动。

晋秋在屋里转了一圈，中间瞥了晋诚一眼，示意他出去。晋诚没动，这可是有关他以后还能不能冠着“小老板”名号的大事，是死是活，他都得听个明白话。

晋秋皱眉，然后清朗开口：“我要在商会里跟你持有一样的股份。”

绝啊！晋诚暗叹，一来可以叫覃一泮知难而退，二来也能叫孟炳华责备不了覃一沣。

可是晋秋心里不这么想，她要的，单单就是叫覃一沣下不了台，就这么被她给悬着，叫天津城里的生意人都瞧瞧，九州商会的大公子也会吃瘪，也没传说中那么厉害。

覃一沣没有说话，或者说他在冷静地思考。他虚眯着眼睛，嘴唇紧抿着，一杯茶的工夫后，他问：“不能再议？”

“不能。”晋秋立马拒绝。

他的眉头舒展开来，没想到这时候他看起来反倒轻松，说：“好，明日我便把股份送来。”然后出了门，留下屋里的两个人面面相觑。

“他答应了？”晋诚不敢置信。

晋秋也觉得在做梦，伸手掐在晋诚的胳膊上，两个人同时叫出声：“是答应了！”

晋秋摇头，疯子！真是个疯子！

股份转让文件真的在第二天的时候被人送了来，拿黄皮纸袋装着，拆开来，整整七页纸，七成股份。

晋秋一页页翻着瞧，目光落在最后一页的页尾，覃一沣已经签好了字，下面一格空白，特意为她空着。

覃一洋支手站在钱柜边上，长衫及脚踝，上面染着灰，不同往常，今日他是独自步行来的。

字没签，晋秋将七页纸收进黄皮纸袋里，然后把覃一洋上下打量一番，轻笑一声：“覃一洋，你可真有本事。”

晋诚恰巧从后院掀帘进来，小小惊讶于晋秋也会夸赞覃一洋。不过想一想，洋哥儿是真有本事，将九州商会的股份拨了这么多出来给晋秋，以后出门，他可不是能挺直了腰板跟人炫耀：我姐，可是九州商会的股东呢！

覃一洋也跟着笑，得逞且胜券在握的笑容。

前一日晋秋如何说的？她要在商会里跟自己持有一样的股份。九州商会里的一成股份便可将缺月坞坐落在的西关街买下，他手里持着的二十成股份是多少人求之不得的美梦。他能答应得如此痛快，自然是想着了应对方法。

晋秋虚眯着眼睛，眼里藏着火，叫晋诚看得不明白了，这股份她不是已经拿到手了吗？怎么还有脾气了？

“生意人就是生意人，真是……精打细算啊！”良久，晋秋自嘲地说。

她手里的七成股份，是覃一洋把原有的二十成拨了六成出去再拆开来，然后没有任何不妥和不满意地交给了她。

覃一泮慢慢坐在八仙椅上，背侧倚着，当没听见晋秋的话似的，端着茶杯轻嗅后问晋诚：“雪顶藏锋？”

晋诚听了心想完了，北洋来的好货，他偷偷端上来给泮哥儿尝尝的，怎么这哥儿就那么不识好歹非要置他于死地呢？

果然，晋秋肉疼的暴喝声蹿进他的耳朵里，下一刻他跳着跑进了后院。

此时缺月坞里就剩下晋秋跟覃一泮，谁也没说话，安静得能听见彼此的呼吸声。临街的门大开着，来来往往不少人，街对面有人停下往里瞧了两眼，见孟家的九爷在里坐着，交谈着走开。

晋秋把账本算过一遍后，不乐意地问：“你怎么还不走？”

覃一泮托着茶杯，没答话，瞧着还剩着的半盏茶，意思是说：你看，这茶都还没喝完呢，怎么就急着赶客了？

晋秋冷笑一声，收着账本：“覃少爷好雅致，壶里的水叫你添得干干净净都快见底了。”

覃一泮装着没听出她的挖苦，依然悠闲地坐在椅子上，像是在等着什么，就是不见走。

中间来了个客人，覃一泮认识，是商会的小董事，来挑个宝贝

给宅子装饰装饰。他本来瞧不出什么讲究来，想着专挑贵的买就成，可他未料到在这儿碰见了商会的少爷,客气着:“九爷有喜欢的吗？”

覃一洋随手一指，小董事瞧过去，是个小物件，兜里揣着的银票肯定能买下，谄媚着开口:“只要九爷喜欢就成。”转头对晋秋说，“老板，给包上。”

晋秋双手撑着下巴，皱着的眉头一下子松开，狗腿地从钱柜里跑出来把覃一洋刚指着的那柜子上的宝贝全抱了下来。等包好，她拿着算盘跟人说了个数字，刚刚还笑得眉飞色舞的小董事瞪大了眼睛：“你说多少？”

晋秋重复着：“十万大洋整。”

小董事吓得慌了神，以为晋秋讹他，争执着：“一件宝贝十万大洋？你们这是黑店啊！”

“可不止一件宝贝，我这儿也不是黑店，这一柜子的宝贝十万大洋拿下你一点儿也不亏。”晋秋笑着说，把算盘打得噼啪作响。

“一柜子？”小董事愣神，手伸进衣兜里攥着银票不撒手。

晋秋的余光瞥着坐在一边不动声色的覃一洋，笑着说：“是啊，九爷刚指着柜子上的所有宝贝呢！”

小董事干笑，苦着脸转头看覃一洋，见他轻轻点头，心想完了完了。

等小厮送来钱，小董事不敢再多逗留，怕一句话说错就得连整家店也买了下来送给了覃一泮，推托着有事就两袖清风地出了店。

晋秋一指沾着口水数银票，心里乐坏了，真是三年不开张，开张吃三年。瞧着空空如也的柜子，她难得给了覃一泮好脸色："还要茶水吗？管够！"

覃一泮没说话，闭着眼小憩。晋秋瞧他没反应，便自己跑去了后院的小库清点库存。

一直到黄昏时，有人递了张折子来，邀请晋秋参加明日在天津城最大的酒楼凤居楼举办的晚宴。除了折子，还有个包装精细的礼盒，里面装着件墨绿色的开衫旗袍，盘扣的地方绣着几朵鲜红梅花，样式别致。

"孟少爷说，明日这时候他亲自来接您。"说完，小厮站在覃一泮的身旁。

晋秋手里翻着折子，上面镀着一层金箔，题着她的名字，邀约人那一栏署着"九州商会"的名。合上折子，她瞧着睡眼惺忪的覃一泮，原来在这里等着她呢。

她跟小厮说："烦请你跟孟少爷说一声，明日我就在这里等他。"

小厮躬身应声。

覃一沣这时候站起身，低头在小厮耳边交代了两句后，先出了门。

晋秋埋着头，手指摩挲着那张折子，听见小厮又说：“九爷说，明日宴请的都是商会里的董事，姑娘要是觉得烦闷，身边的小哥也可以来。”

晋诚这会儿正在房间里呼呼大睡，要是听了这话准嗷嗷大叫。晋秋替他应了下来。

第五章

你从来不等我，从来就不曾等过我

梅花便落满了南山

1.

每年的阴历六月十八，是天津城里的大日子，以八大家为首的孟家在这一日会宴请其他七大家族商量往后一年的商权分配，并且把每家在九州商会里的股份重新洗牌。不同的是，今年除了八大家，还有一家名不见经传的小商铺也在邀请名单中，便是缺月坞。

孟炳华近几日染上风寒，商权分配这事儿便落在了覃一沣的头上。在书房待了许久，一直到刘克来请，他才走出书房。

上了车，覃一沣转动着手上的翡翠戒指，经过西关街街口时，特意让小厮绕了进去。

隔着车窗，他瞧着孟肆修正巧下车，走进缺月坞。不多时，晋秋就走了出来，穿着昨日送来的那件开衫旗袍，踩着银色的镶钻高跟鞋，头发绾成髻，一支细花簪子别着，无论谁看了也难想象她出身土匪窝。她左手挽着孟肆修的胳膊，身后跟着晋诚，反倒像是名门的大小姐。

等三人上了车，覃一沣才叫小厮开车。

两辆车一前一后到达凤居楼，一幢西洋小楼屹立在宫岛街街口，这里交通便利，毗邻日租界，热闹非凡。

晋秋在孟肆修的搀扶下下了车，穿着高跟鞋走路不太顺畅，半个身子贴着孟肆修还是显得摇晃。孟肆修贴在她的耳边问："我在车里备了双平底鞋，不然换了吧？"

身边走过一位富家小姐，明目张胆的眼神就落在孟肆修的身上，晋秋站直了身子，挤出龇牙咧嘴的笑容，输人不输阵："不用，挺合适的。"

没有人比晋诚更懂晋秋，她一个眼神他就知晓她心里装着什么花花肠子，在一旁搭腔："是啊，这双鞋子穿着多好看！"

孟肆修本来担忧紧皱的眉头这下舒展开，一手握住晋秋搭在他胳膊上的手："成，你开心就好。"

三人走上台阶，进了大厅，里面已经来了许多人，举着杯交谈着。他们的目光往门口一瞧，见孟珒修带着女伴前来，多少有些吃惊。

谁人心里都明白，这样的宴会除了生意经，还有联姻的意思。不少老板出席时都带着公子小姐，趁机让他们结识一些同龄人，若是相处和洽，隔日便上门提亲的事例并不少见。何况今日是孟家的宴会，多少人都想借此机会让自家女儿跟孟家少爷攀上关系，再进一步，便是一件缔结姻缘的喜事了。

再打眼瞧孟珒修身旁的女伴，模样生得是俊俏，只是叫不上名字来，小门小户的，叫那些在名利场里翻滚了多年的生意人瞧了心里生出了鄙夷。

孟珒修还得跟叔叔伯伯打招呼，同晋秋说了两句话便离开了，走前叫小厮带着晋秋上二楼的雅阁休息。

寻了座，晋秋揉着发酸的小腿，左右只有晋诚，毫无顾忌地脱了鞋。

晋诚嘴里含着糕点，瞧她不再装模作样的，打趣着："姐，是不是觉着还是咱屠神寨自在些？"

晋秋瞪他："自在又怎样？还不是被我一把火给烧了。"

晋诚啧啧两声，两场大火，把屠神寨烧得一干二净，现在想回也回不去。

自讨没趣，晋诚老实地吃着糕点，一手攀着扶手，半个身子吊在雅阁上，往下瞧那些光鲜亮丽的生意人。瞧瞧，有钱人的生活真是富丽堂皇，连喝酒的杯子都是镶金的。

宴会上迟迟不见孟炳华，倒是叫不少人有些奇怪。左右等着还不见人来，不少老板遣小厮去打听，才知道今日主持宴会的人是覃一沣。

晋秋旁边的雅阁里坐着个穿中山装的白发老人，桌子旁支着根龙头拐杖，桌面上放着茶果，瓜子剥了小半张桌，没吃，细小的果仁装了整整一小茶碗。小厮附耳说了两句，老人说：“孟家那小子心气越来越大，竟敢放任一个妓女的孽种搅弄风云。”

两间雅阁之间只隔着一幕珠帘，老人中气足，一字一句全落进晋秋的耳里。

晋秋微微侧目，瞧见那老人还在剥瓜子，手倒是比脚利索些，嘴里还在骂骂咧咧。直到一个妙龄女子进了雅阁，叫了一声爷爷，老人脸上才出现笑容，招呼着孙女快快吃碗里的果仁。

那女子晋秋认得，是孟肆修的学生。前两日她去学堂找孟肆修

时，女子就站在孟肆修桌前，课本上写着她的闺名——宋采芸。

那头发花白的老人，便是天津城里八大家中宋家的当家人，宋时澜。早年任河南巡抚，同孟炳华的老丈人仇贤师出同门。当年孟炳华求官，仇贤曾向宋时澜举荐过他。宋时澜于孟炳华，担得起一声老师。

“去见过你孟老师了？”提起孟肆修，宋时澜的脸上颇有些自豪，自己学生教出来的学生，又成了自己孙女的老师。在他眼里，孟肆修俨然是孙女婿的不二人选。

宋采芸脸上挂上红晕：“见过了。”

宋时澜揉着太阳穴，告诫着：“肆修这孩子有气候，你在学堂的时候要多跟他学习。等婚事谈下来……”

“爷爷！”没等老人把话说完，脸薄的女学生就截住了老人的话。

宋时澜轻笑，干瘪的皮肤上沟壑横生，瞧起来慈祥和蔼：“好好好，我不说了。”

珠帘那一边便没有了声音。

晋秋这一边，将那边的所有言语听得一干二净，晋诚咳嗽一声，说：“没想到一块香饽饽叫你给收入囊中了。”

晋秋横了他一眼，穿上鞋，站在扶手边上，睥睨着楼下。

闹哄哄的大厅在一阵刺耳的声音过后安静下来，大厅的圆台上站着一个人，手里拿着一支金色的话筒，低沉喑哑的声音响彻整个大厅。

一段冗长的开场词后，台下响起稀稀散散的掌声。

不管外界盛传着覃一洋如何的传说，在其他七大家眼里，台上站着的这个人，都不足以能够撑起整个天津城的生意门。何况他的出身如同一个笑话一般在天津城里流传着，这样的一个人，妄想站在天津城最高的位置上叫其他家族俯首称臣，多么可笑。

这场宴会，除了俨然成为孟家当家人的覃一洋引发议论，还有个谈资便是孟家新收购的古董店——缺月坞。

不知道什么时候起店的小户，在前不久叫孟家差点儿蒙了羞成了天津城的笑话。当家的老板又在某一日被请进了孟家，收购一事在天津城里传得沸沸扬扬。听说今日当家老板也被请了来，只是大厅里熙熙攘攘这么多人，却一直还未露面。

说起收购一事，众人又不得不惊叹于孟炳华的远见。

天津城靠海，海运走货被孟家捏在手里，早先的时候往里往外运输货物，八大家谁都没少这一瓢羹。最早的消息是从警察厅里传

出来的，刚刚落章的西洋航船不出一个月就将抵达天津港口，除了往常的货物外，还要购入一批有价值的古玩。若是东西好，此后便是签订长期合约，要是谁家先拿出好宝贝，就意味着除了天津城里的生意，还包揽下了国际市场的生意。

而在众人刚刚知晓消息时，孟家便已经下手将全天津城里藏着最好宝贝的缺月坞收入了囊中。

出手迅速，是孟家一贯的行事风格。

商权分配的事宜进行得很快，按照去年的交易额，居高者配额拿得多，谁也没有异议。只是股份重新分配后，让在场不少人诧异。

覃一洋手里的股份一下子减少了不少，跟突然蹿进商会里的缺月坞的晋老板居然持平。

即使是见惯了商场里瞬息万变的宋时澜，这时候也显露出小小的瞠目结舌，冷着脸把大厅里扫荡了一圈。这时候他才发现隔壁的雅阁里一直坐着个不曾谋面的姑娘和一位小兄弟。两人身着不凡，只是稚嫩的脸庞跟这风云涌动的名利场实在不衬。

他招手，唤旁边的小厮低头，耳语两句，小厮便从右侧的扶梯下了楼。举杯的时候，他更是发现站在覃一洋身边的孟肆修一直将目光放在坐在隔壁雅阁里的那位姑娘身上。

大厅里，有人对股份的分配不满，一出声，便得了身后不少人的支持，嚷嚷着要孟炳华现身求个说法。

台下一呼百应的场面叫孟肆修微微咋舌，他背手站在覃一洋身侧，没见过如此场面，这时候腿居然发了软，险些摔倒在台上，幸好旁边及时伸来一只手稳住了他的心神。

那人的左手大拇指上戴着枚刻着螭龙的翡翠戒指，因为用力手背上突起了不少青筋，明明如此叫人慌神的场面，他却轻笑着问:“你慌什么？”

孟肆修松开被覃一洋抓着的手，往后一步站定，整理着被抓得起褶皱的衣袖，嘲笑着说：“你先想想怎么处理这场面吧。”

覃一洋转回身，清了清嗓子，说：“我将名下的股份拆开来是在商会洗牌之前，怎么处理，是我自己的事。股份分配，谁大谁小，按交易额来算谁也不会吃亏。”

底下的人不服：“你自己的股份随意处置无人有意见，可是这刚冒出头的小子凭空得了七成股份，是有何依据？交易额又从何而来？”

一人问出，百人不答应。

雅阁里的晋秋蹙着眉头，偌大的大厅里吵吵嚷嚷的，楼下那些气势昂扬的生意人这时候像极了菜市场里讨价还价的磕碜人了。

覃一洋给台下的小厮打了个手势，小厮上了来，手里拿着本账本递给覃一洋。他翻开来，指着账目里的最后一笔，缓缓开口："若是谁家能在一天完成半年的交易额，何止七成，就是要我的所有股份，我也双手奉上。"

离圆台最近的男人戴着金丝眼镜，认出账本封面上的图样，是缺月坞的账本。再细瞧覃一洋摊开的那一页，最后一笔交易额是在昨日，数字庞大，整整十万大洋。

男人一声惊呼，叫后面的人纷纷围了上来，瞧清楚了账本上的数额，这下谁也不再开口，侧目不敢再看覃一洋。

一场轰动天津城的喧嚣，就这样结束在了覃一洋手里。

宋时澜派出去的小厮这时候回了来，低头在他耳边说了两句，见白的眉毛不自然地跳动了一下，然后他低头笑，轻轻地喊："芸儿，去找你孟哥哥说说话。"

支开宋采芸后，拐杖掀开半边珠帘，老人和蔼地说："丫头，过来这儿坐。"

晋秋听声，倒是大大方方地坐了过去："宋老爷子。"

宋时澜扬声大笑：“你这丫头鬼机灵，在这雅阁里闷声不响，叫下面的人演了场好戏。”

晋秋听懂了宋时澜话里的意思，她坐在这雅阁里不动声色，其他人因为她把好好一场宴会吵闹得乌烟瘴气，可是到头来，却连她是男是女都不知晓。

“老爷子人脉广，想查我不过半盏茶的工夫，小辈不敢在您面前造次。”晋秋难得恭敬。

“屠神寨出来的姑娘，骨子里的戾气怎么也藏不住。”宋时澜不经意地开口，余光瞥着晋秋的反应。

晋秋早料到，能查到她才是缺月坞幕后老板的人，又怎么会查不到她的出身呢？

她微微颔首，自嘲般地说：“娘胎里带出来的东西，想从身体里剥出来也找不着法子。”

“那嗜血的本领呢？魏箐可在你的刀口之下活了下来？”

老人凛冽的目光似刀子一般朝晋秋投来，她微微怔神，然后老老实实地叫了一声：“师公。”

魏箐，当年被晋雄绑进屠神寨的教书先生，师承于河南巡抚宋时澜，他教晋秋读书念字时，一日三念，叫晋秋把“宋时澜”三字

刻进了心里。

宋时澜被她这一声叫得愣了神，然后摇头苦笑。当年他收书信一封，魏箐在屠神寨待了整整三年，幸得下山的时候毫发无损。

同晋秋说着话，他凛冽的眼神渐渐柔和。

提起故人，两人滔滔不绝了许久，谁也没瞧见感染风寒的孟炳华此刻出现在了凤居楼。他进了大厅后一路往上，停在宋时澜的雅阁外。

“老师。”孟炳华弓着身子，身后分别站着覃一泮和孟肆修，宋采芸落在最后。

谈话被打断，宋时澜冷了脸色，拐杖点在地上：“没规矩。”

这一声叫晋秋也抖了三抖，茶杯险些脱手而出。

孟炳华颔首，语气低沉：“是学生冒昧了。”

“托词身体有恙，是没脸见我？”

“学生有愧，不敢不见老师，只是商会里来了急电，耽误了时间。”孟炳华解释着。

宋时澜撑着拐杖站了起来，晋秋跟着起身。他抬眼瞧着孟炳华，多年前的翩翩少年郎现如今两鬓间也染了白。当年他亲自主持学生孟炳华和义女仇莲桉的婚礼，祝福新人的十三年后，仇莲桉便香消玉殒。可没想到的是，孟炳华在四年后竟再娶了个妓女。

这般无情无义之人，他已经八年未见了，今日孟炳华仅一句“有愧”就想消散过往了。

宋时澜与他无言，不大利索的脚踩在实木地板上发出“咯吱咯吱”的声响。两只手同时从左右伸来，宋时澜握住右侧那只，低语着：“修儿长大了。”

左侧那只手黯然缩了回去，螭龙图案的戒指隐隐闪过一丝光芒，覃一沣低着头，再也没抬起。

孟肆修搀着宋时澜下了楼，宴会接近尾声，宋时澜不再停留，出门前，回头叫了一声：“鬼丫头，要是落了闲就来陪陪我这个老头子。”

晋秋应了一声，目送着宋老爷子上了车，回身，覃一沣正站在雅阁里瞧她。

他略显单薄的身子倚在木柱子上，一手搭着实木扶手，半截身子好像悬在半空。他在笑，还是那种得逞、胜券在握的笑容。昨日那单生意，是他设下的局，没有丝毫破绽地将她也设计在了其中，可惜她却毫不知晓还颇为得意，现在想来，竟像个笑话一般了。

高跟鞋不合脚，早就该换掉。不想见的人，从一开始就不该见。

一步一步走上雅阁，晋秋停在珠帘外，心里蓦地念起这句话。她本来睥睨一切的双眼这会儿却垂了下来，盯着脚上那双鞋，不甘心地说："真是叫人不痛快啊！"

覃一沣手指点在扶手上，传出阵阵声响："哦？"

晋秋呵呵地笑："覃一沣，你不会一直赢的。"她靠近他，纤柔的手指点在他的胸口，轻轻一推，声音喑哑，"有一天，你会输，然后死在我的刀下。"

2.

孟玮修回阁楼找到晋秋时，晋秋已经喝得酩酊大醉，人瘫坐着，手里还抓着一杯香槟。

他轻轻地摇她，听见她嘴里喃喃着什么，凑近一点，便听见她正谩骂着晋诚那小子见色忘义，追宋家小姐去了。

"晋秋。"他在她身边坐下，低声喊她。

没想到醉倒的人含糊地应了一声。

"回家了。"他起身，衣角却被人抓着。

"你送我回去吗？"她双颊染着绯红，问他。

"是。"

“那分别的时候，你会给我一个吻吗？”西洋电影里，男女主人公分别的时候都会互赠一吻。

国外称这样是礼节，孟玮修留洋回来，不会不懂吧?

即使走起路来跌跌撞撞，可是晋秋觉得脑子里异常清醒，所以等孟玮修送她回了缺月坞转身离开的时候，她揪着他的衣角不让走。

她可怜巴巴地瞧着他，指着自己的额头：“这里！”

孟玮修以为的玩笑话，她却当真得不能再当真，这下他就有些为难了。

他叹气哄着：“乖，好好睡一觉，明天起来头才不疼。”

这下出乎他的意料，晋秋没有继续纠缠，松开手，傻傻笑着，朝他挥手，然后自己躺进椅子里呼呼大睡。

她大概是真的醉了。孟玮修合上门前想。

房间里没有灯，老式的窗户拿纸糊着，窗外的月光倾洒进屋里，照亮了半个屋子。

在听见车子启动的声音后，紧闭着的双眼慢慢睁开，晋秋悠悠起身，给自己斟了杯茶醒酒，然后缓缓坐在了地上，茶杯被她扔在了一边。

她不是在无理取闹，只是心中郁结。

覃一沣刚刚往她的心窝子捅了一刀，已经伤得她心中滴血。而就在刚刚，她出门去寻孟玮修时，瞧见在宴会厅外，宋时澜拉着他跟宋采芸的手握在一起，他没有挣开。

孟家和宋家是何等关系，也许孟玮修是为了顾全大局罢。她想。

可她突然又想，为什么呢？

为什么刚刚她在某一个瞬间，瞧见了孟玮修眼里的嫌恶呢？

第二日，孟玮修在学室里收到一封信件，没有寄件人，收件人一栏只署着他的名字。

他拆开来，里面是几幅小画。

第一幅，是一个小女孩跟房间里的小男孩在说话，天上猩红一片，一场大火就要来了；第二幅，是在港口边上，女孩等回了男孩，男孩送给她一朵娇艳的花；第三幅，娇艳的花吹散到风里，男孩跟女孩背对着背往不同的两条路走去。

三幅画，就将他和晋秋这几年草草讲完，将他们这段本就是试一试的感情一笔划开。

孟玮修心口沉闷，一口浊气堵在喉口上不来下不去。他的手捏成拳头在胸口狠狠拍了几下才缓过劲来，哈哈笑着。

那天晚饭之后，孟曼新偷偷跑进覃一沣的书房里，而后将一本书盖在小脸上，死活不愿意出去。

“我不想看见哥哥，他今天太可怕了。”人站在书桌边上，书被她抱在胸前。

孟曼新继续说：“你不知道，他今天上课的时候发了好大一通脾气，把顾罗安骂得狗血淋头，就因为在上课的时候顾罗安说要支持警察厅把流窜的土匪通通关押。两人在课堂上争论了许久，最后顾罗安被他赶出了课堂。”

孟曼新蹲下身，两手支在覃一沣的腿上，不解地问：“沣哥哥，我不明白，当年哥哥被土匪绑架，是你把他救回来的。可是为什么他平日里对你总是不咸不淡，却对那么穷凶极恶的土匪这么袒护？”

覃一沣将她扶了起来，将一张白净的宣纸摊开来，研好墨，下笔。

“细枝末节没有谁比他自己更清楚，我救他，也从未想过要他报我恩情。”

笔停，纸上写着——百折千回。

孟曼新不懂，又哭诉了两句，见覃一沣答她甚少，她便知趣离开。

房门被扣上，覃一沣瞧见纸上的四个字，有片刻的失神。

门被敲响，刘克在门外说：“老爷请您过去。”

“这就来。”覃一泮将纸揉成团，丢进抽屉，理好长衫，出门。

孟炳华站在窗边，嘴里叼着烟斗，这两日烟抽得厉害，咳嗽也多。

“父亲多照顾着身子。”覃一泮恭敬地说。

孟炳华熄灭烟斗，转身说：“曼新去找过你了？”

“是。”

“她命苦，父母不在身边，幸运的是跟着我，不幸的是我对她照顾太少。宅子里她就跟你谈得来，我知道，她喜欢你。”

覃一泮没动静。

孟炳华继续说：“对她心里总有份愧疚，自然就多了份宠溺，反倒是叫她越来越无法无天了。以前她父亲还在世的时候，我们曾讨论要给她寻个什么样的人家。现在想一想，无论怎样的人家，家世好与坏，丰盈或贫瘠，都比不上她喜爱的。”

说到此，他坐下来，掀开两个盖着的茶杯，各自斟满：“尝尝。”

青瓷茶杯相碰，发出清脆的响声，一杯茶水饮得如醇酒一般。

“父亲，孩儿明白。”

茶饮尽，答案也该给了。

孟炳华低头，朦胧月色下的房间里烛光摇曳，模糊的视线里，他第一次惊觉面前的孩子跟那个女人如此相像。想起那个女人，他不禁又感慨着：“我真的喜爱过你的母亲。”

他的一生，有过两个女人，都曾深爱过，只是不想，最后都被这该死的命运从他身边带走。

可他也承认，第一个，他曾经是为了权势才刻意接近，在茶饭之间苦苦熬过，等他终于登上今时今日这位置，却没能同他好好享受这一切；第二个，他从未在意过她的身份，那些叫旁人羞于谈起的出身在他看来不过平常，本来以为能好好相守下去，没想到，没想到啊。

“是母亲的福分，”覃一沣轻声应着，“也是我的福分。”

孟炳华摆手：“是我作的孽。”

他从抽屉里取出一沓纸张，摊开来，是他名下所有的产业。他将其一分为二，将左边那一份推给覃一沣。

“为了收购缺月坞，我知道你将自己的股份分解开来，这里是你应该得的。”

以少换多，叫覃一沣心里“咯噔”一声：“父亲……”

孟炳华揉着眉间：“我知道修儿这个人，心里有他自己的憧憬。我对不起他母亲，不能再强压着他，左右他的想法。他对商会的事

情没有兴趣，可我的位置，总要有人接着，除了你，我不信别人。”

叫人不敢再推让的说辞，覃一浒只能硬着头皮将那些股份收下。

“宋老爷子今日来过商会。”孟炳华想起这事，“为了他家丫头跟修儿的婚事。”

那是再往前多年的事，孟家诞下麟儿，宋家喜得千金，仇贤跟宋时澜曾约定等孙儿成年，喜结连理。

覃一浒倒是今日才听闻此事，微微怔神，眼里黯淡又焕亮，最后垂眸盯着桌面上的笔盒不说话。

“包办婚姻，这时候早成了旧条例，修儿不见得答应，况且他跟晋家的丫头来往不少。”他心里通透，只是从未点明。

“我去跟宋家说说。”覃一浒揽下来。

“不用。”孟炳华开口，“我已经拒了。”

当时宋老爷子气得胡子翘起半截，指着孟炳华怒骂了好一会儿，最后拂袖而去。

此前本就有怨，这下当众拂了宋老爷子的面，更是生了仇。

覃一浒低头，不知该说些什么，呆呆站着。

孟炳华心里坦然，他觉得算是给孟肆修解决了件麻烦事儿。

“他若真是喜欢晋家那丫头，你便帮着去说说好话。你跟那丫头从小一块儿长大，该知晓她喜欢什么。”

良久，桌子那头的人说：“我知道。”

孟炳华又说：“是我糊涂了，那丫头跟你生着怨呢。”

覃一洋苦笑：“是杀父之仇。”

古话说，杀父之仇，不共戴天。

况且他覃一洋曾栖身在屠神寨，本就是贱命一条，承着屠神寨的恩多活了几年，最后却反咬一口，害得全寨上下六十一个人没了性命。

该是多大的罪人，又该是多大的仇恨夹在他跟晋秋中间。

烟斗磕在桌面上，孟炳华侧目：“为何不为自己辩解？”

覃一洋摇头，再遇晋秋之前，他曾想过有朝一日两人若再相逢，他一定要告诉她那夜他去了哪里，熊熊大火里为什么就他一人不见。可是真遇见的那一天，他想算了，她记得他，叫出他的名字，就算是因为恨，也好过她忘了他。

“不知道为什么，近些日子总觉得身子乏。”孟炳华瞧着墙面上的西洋钟，夜里十二点了。

“去休息吧。烦恼的事还多，总会慢慢解决。”他说。

覃一洋欠身，退出书房，脚踩在地上，没有一点声音。

从东苑去往西苑，要经过一段长廊，两边草丛里有虫鸣声，他仔细听着，偏了路，发现时，已经停在了孟津修的门前。

屋里亮着灯，十分安静，窗户玻璃上映着个影子，支着手坐在桌边。

他想敲门，抬手的片刻又放下，在门外站了许久，等光灭了才走。

夜里做了个梦，覃兰雪披着晋雄抢来的白狐皮坐在他的床边，脸上净是灰屑，摇晃着他："沣儿，醒醒，火烧起来了，你快跑。"

他揉着眼睛："火怎么烧起来了？"

覃兰雪递给他一个箱子："那狼痞子绑了有钱人家的少爷，官兵寻了来。你带着这些钱快跑，不要回来。"

他被覃兰雪推出房门时才看清，猩红的火光将天空染尽。他记着覃兰雪的话，从寨子的后山小路往下，天亮时就能到镇子上，她会躲着，等他找人回来救她。

厮杀的声音在耳边响着，他听见心脏咚咚地起伏着。

通往后山的路上有间破木棚，覃一沣记得前一天夜里晋秋跟木棚里的人偷偷许下的约定，若是她救下他，他们便一生在一起。

脚步停下。

他没有听覃兰雪的话。他跑到后山下，跟身后的那人指着覃兰雪跟他说的那条小路后，又折了回去。

那人问他：“是晋秋叫你来的吗？”

心里一空，他要回去救晋秋！

他抬头，上山的路跟下来时一样，只是胸腔里有东西在跌宕。他双脚发软，跌倒后再爬起时，喊了一声：“晋秋，你等我啊！”

睡梦惊起，覃一沣坐了起来，头发被冷汗浸湿，衣服也湿了一半。

他起身点灯，瞧着明晃晃的灯光，自嘲了一声：“你从来不等我。”

从来就，不曾等过我。

第六章
过去的人就留在过去吧
MEIHUABIAN
LUOMANLENANSHAN

1.

再不用去国洋学堂，晋秋彻底闲了下来。她人不在缺月坞里，跟着斗三两往长旧里跑。那里新开了个斗鸡场子，来的都是些小老板，手里拿着闲钱，下两注当酒钱，输了就当打发要饭的了。

长旧里是条老巷子，临着英租界，前两年的时候还有几家铺子营生，现在全搬进了租界里，彻底荒了。

斗三两跟晋秋聊得来，两人从这个小场转到另一个小场。斗三两说下哪个注，晋秋就跟着下哪个，不问只跟。斗三两觉得晋秋懂事，称赞了两句，想起晋诚，问她：“你俩不是亲姐弟吧？”

“不是。”晋秋答。

“表亲？”斗三两又问。

下注的那只鸡输了，抖着翅膀缩在角落里。

“也不是。”

斗三两点头，又说：“是不像，晋诚那小子婆婆妈妈的，掏一个大洋出来也能磨叽半天，跟您实在搭不上。”

晋秋扔了个大洋给一旁的茶水小厮：“要不是他替我省着，我也不能大手大脚地花这些钱。”

斗三两抱着小十一，觉得前面下注的这些斗鸡都不行，自己宝贝这只该上场威风威风了。

“瞧瞧我这只？”斗三两跟小厮交谈了两句，以四六分成要了个场子。

小十一落地，样子雄赳赳，引来不少人注目。

晋秋抱手瞧着，然后把注下给了对面。

斗三两气得问：“你这不是故意扫我的面子吗？”

晋秋耸肩:“你当我败家子好了,我今日就想花钱,心里才痛快。”

斗三两没敢招惹她，出门前晋诚交代他，秋姐儿这两日心情不好，你帮我顺着她一点。

他权当帮忙好了。

一场激烈争斗在小十一的胜利中结束，斗三两抬高下巴回头瞧晋秋，人站在场子外，没反应，手里掂着个茶杯，左右瞧着，根本不关心胜负。

他悻悻回头，跟小厮结了账，抱着小十一往晋秋的方向去。他脖子突然一冷，打了个哆嗦。

“让让。”声音是从后面来的，他回头，瞧见个戴着毡帽的男人正立在身后。

这厮可真不客气。斗三两正要发火，毡帽下的脸抬了半张，抿着嘴，鼻子挺立，再往上，眼神里暗影浮沉。

“九……九爷。”斗三两磕巴。

覃一沣没作声，斗三两才反应过来，侧了半个身子，又觉不妥，挤着旁边的人让了个道出来。

覃一沣点头以示谢意，径直往那个手里掂着茶杯的人走去。

斗三两望着他的背影，脑后落下一滴汗。他曾听晋诚提起，晋秋跟九爷不合，若是闹起来，场面定不好看。想到此，他急急往门外走，得把晋诚寻来。

覃一沣刚从缺月坞来，晋诚在钱柜边上打着瞌睡，听着动静就

醒来了。他听说是来找晋秋，报了个地名人就不见，揉一揉眼睛，若不是门正合上，真以为自己做梦呢。

“你跟我来。”覃一洋只说了这四个字。

晋秋瞥了他一眼，转身手撑在桌面上，落下茶杯，又斟了一杯。

覃一洋不急，瞧着她又饮掉一杯，再说：“我想跟你谈谈。”

“谈什么？”晋秋冷眼，手指在茶杯上摩挲。

覃一洋夺过她手里的茶杯，斟了一杯，自己喝下。

晋秋瞪眼，骂他不知羞，转身就要走。突然他扼住她的手，拉着她往楼上去。旁边的小厮瞧着不对劲，刚要喊人，就被覃一洋一个眼神给逼了回去。

楼上比不得楼下，不常开，连完整的桌椅都少见，断了腿的桌椅随意摆放着，上面落着两层灰，可见无人打理。

衣角蹭上桌腿，晋秋瞧着那隐隐的灰色就来气，撒开覃一洋的手：“你到底要做什么？”

“想跟你谈谈。”

“谈。”

晋秋扔下一个字，转身往窗边走，费力地打开扣死的窗户。风进来扬起薄薄的灰尘，她挥手咳嗽两声，脸色跟着黑了一层。

“你跟孟肆修……”

“少管闲事。”她打断。

覃一泮语噎，清了清嗓子，继续说：“你跟孟肆修，散了？”

他不知道该用哪个字来定义他们两个人现在分开的关系，一个散字，都是他在来的路上想了许久才想到的字眼。

“跟你有什么关系？”晋秋这几日所有的阴郁情绪都在听闻“孟肆修”三个字时倾泻而来。

“没有关系。”他停顿，“只是想知道是与不是。”

他眼神灼人，看得晋秋浑身不舒坦，双手抱在胸前，竟感觉有丝寒意。

“是。”究竟是在他的压迫下，还是在她久久烦心的苦闷下说出这个字，晋秋不知道。她转身同他对视，在悠悠飘散的细小灰尘里，她却好像看见了覃一泮突然的一丝轻松。

他嘴角轻轻上扬，好像在嘲笑，仿佛回到了在翠轩楼的那一日，他问的那句“当真信了孟肆修会娶你的鬼话”。

竟然叫他先预料到了这结局，即便是她跟孟肆修提出的分开。

楼下还在吵闹着，不知道是谁输了，输了多少，竟号啕大哭了起来。断断续续的哭声钻进晋秋的耳朵里，叫她也红了鼻尖，眼睛

里缓缓淌了泪珠子出来。

“嘲笑我的话不用说了，你要是觉得好笑就笑。不过你要是敢笑出声，我就从这里跳下去。”她指着窗户，不过两尺的距离，站上去只要片刻。

她自己也觉得有够无理取闹，可是她听不得覃一泮的笑声，那就像一把刀一样剜进她的心里。他在这里已经扎了许多刀，不能再剜一刀。这不公平，她只有一次赢了覃一泮，可是他已经赢了她许多次了。

她背身擦泪。

眼睛被人蒙上，轻轻地将她眼角的泪也擦了去。然后一只手覆在她的脑袋上慢慢揉着，沙哑的声音穿透进她的心里。

“你哭了，我难受。”

比她更难过的声音，还有一声长长的叹息，她听见他又说：“晋秋，就算是你指着我说我是你的杀父仇人那一刻，我也没有这样难受。你不要哭了好不好？”

昵喃的话在她的耳边轻飘飘地荡着，她想伸手去抓，手被身后的人紧紧攥着。

耳边的发丝被人厮磨着，她竟忘了要推开他。

晋诚跟着斗三两来长旧里的时候，已经寻不见覃一沣的影子。晋秋就站在二楼的楼梯边上，一只脚正要落下来，被楼下的晋诚给叫住了。

他跑上楼梯，扯着晋秋的手，瞧她眼睛红红的，沉着脸问：“他是不是欺负你了？我找他算账去！”说着就撸袖子，转身的片刻被晋秋给拉了回来。

“晋诚，回去。”她开口。

“姐！”晋诚不依，仍嚷嚷着。

“回去！”

这一声，叫楼下的斗三两也吓了一跳。

晋诚不敢不听，弯下腰，背着晋秋往回走。他走下楼梯，跟斗三两说：“你帮我打听打听。”

虽然声音小，但他还是回头瞧了晋秋一眼，才发现背上的人痴痴傻傻，根本没在意他说的什么。

话只说了半截，可是斗三两明白晋诚的意思。在他去寻晋诚的期间，晋秋跟九爷做了什么、说了什么，都得打听清楚。

梅花便落满了南山

晋秋一直痴傻到半夜，屋里晋诚给她留着灯，一张字条落在桌上，写着饭菜在厨房里热着。

她推开门，没发现蹲坐在门边的晋诚，一脚踏出去才觉得不对，脚下是软的。下一刻，惊叫声就传遍了整个院子。

“你在这儿做什么？”晋秋蹲下身，瞧着疼得龇牙咧嘴的晋诚。

晋诚揉着被踩得发青的小腿：“夜里凉，本来不放心你想叫你添件衣裳，到了门口不敢进去，就在这儿等着。等着等着就睡着了。”

他还想说，被晋秋截住：“诚儿，你怕我吗？”

没头没脑的，她问得晋诚心里发毛，他颤颤巍巍地问：“秋姐儿，你是不是真的痴傻了？”伸手去探晋秋的额头，又被打了回来。

晋秋把他扶进房间里，从床边的柜子里翻出药膏。白色的药膏刺激，抹上一点就叫人喊疼。

晋秋蹙眉：“忍着点儿。”

晋诚老老实实地噤声，牙齿咬着下嘴唇，咬出一道印子。晋秋又说：“你喊吧，我忍着不打你。”

晋诚被她痴呆的话逗笑，正了正脸色，说：“不怕，从小就不怕秋姐儿，因为知道秋姐儿心好。”

“我心好吗？”

“是。当年我爹娘被恶人杀害，我流落在街上，被恶狗追，被别的孩子打，是秋姐儿把我带回屠神寨，给我饭吃，给我地方睡，才叫我活到了今日。”

“屠神寨是土匪窝，你喜欢当土匪吗？”上好药，晋秋放下他的裤腿，将晋诚的腿慢慢放在地上。

“不喜欢。”谁会想要当土匪啊，杀人放火，奸淫掳掠，所有坏事都做绝了，他才不想做坏人。

“可是秋姐儿在哪儿，我就想在哪儿。秋姐儿是我的恩人，我这条命是秋姐儿的。就是秋姐儿要我去杀人，我也去。可是秋姐儿不舍得，让我做了个烧火的小厨子，手里干净。”

他一直记得，他这条命，是晋秋的。

所以当年屠神寨被官兵上山绞杀，他半夜起床撒尿时瞧见山下连成一线的火把就觉得不妙，跑进晋秋的房间将熟睡的人先扛出了山寨。他是个烧火的厨子，平日里山上山下跑习惯了，知道哪里可以藏身还不被人发现，他将晋秋藏了起来。

可是听见声响醒来的人瞧见被烧了一半的寨子，不听他的劝拦又折了回去。他跟在她身后，听见浑身是血的兄弟说，寨子里独不见了覃一沣和他娘覃兰雪。守夜的兄弟看见他带着绑来的富家少爷

跑了，一定是他云寻的官兵来。

再后来，他们把六十个兄弟的尸骨埋在后山，没有立碑。刀口上舔血的人，不敢用真名，害怕哪日去阎王那里报到时，被杀害的人告了状投不了胎。六十个空碑，埋的是屠神寨的斑斑恶名和染尽鲜血的过去。晋雄的人头被挂在镇口的墙上，他跟着晋秋去瞧过，只记得当时晋秋恶狠狠地说，一定会报仇。

后来七年，他们依然在屠神寨，废墟重建，学着山下的村民一样种粮食做买卖。直到有一天，晋秋说："诚儿，我们去天津。"

又是一把火，这下把屠神寨烧得干干净净，再无重建之日。

于是，他们真就来了天津，有了缺月坞，一直到现在。

"秋姐儿，覃一沣跟你说什么了？"

斗三两回来时，说一个字也没打听着。

晋秋摇头，打发着晋诚出门。他人立在门边，吞吞吐吐半天，最后还是忍不住说："我知晓这些天你心情不好是因为跟孟肆修散了。可是秋姐儿，当年我一直跟在你身后，你没救下他，他自然不用兑现承诺，你这是强人所难，到今日，却变成了自作自受。秋姐儿，是不是一定得是孟肆修？非他不嫁吗？不会，你人好看，又有钱，哪里会愁找不着好人家啊！秋姐儿，既然散了，就忘了吧，往前走，过去的人就留在过去吧。”

絮絮叨叨说了一大堆，晋诚不知道晋秋听进去了没有，只是真瞧见了一颗泪珠子从晋秋脸上滑了下来。他知道，他的话肯定戳伤他秋姐儿的心了。

只是他不知道，戳中心窝的话，是最后那一句——过去的人就留在过去吧。

过去的人，明明就在眼前。一个她想从心里剥去，另一个想要挤进来。选择题她会做，只是她不知道，哪个是对的，哪个是错的。

屋里只有一处亮着灯，光线不大好，晋秋蜷缩着卧在床上，手摸进枕头下，摸出件小东西来。

那是枚小小的铜币，上面穿着眼，以前是拿根红绳套着的，现在红绳不见了，只剩下这枚铜币了。

铜币的一侧刻着她的名字，是当年魏箐下山时送她的，说可保平安。

那时候她笑，不过一枚铜币罢了，哪里有如此神用。

可这枚铜币在官兵绞杀，屠神寨被烧那日丢失了。

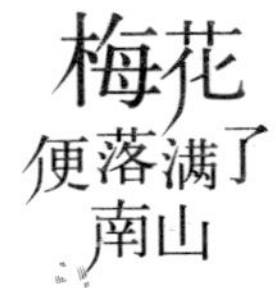

失而复得，是那日在长久里，覃一沣将铜币送还给她。

她捏着小小的铜币，刹那失神。不等她问，覃一沣先说：“是我捡的。”

“铜币是在那晚大火里掉落的。”晋秋回忆着，“后来你回去过？”

覃一沣点头。

那时候他把孟肆修送走，为的是断了晋秋跟孟肆修之间的承诺。他回去的路上想，要是回去见不着她了，什么承诺不承诺的，都是狗屁！

他什么都管不了了，忘记了覃兰雪叫他快快逃命的话，一路狂奔回去。寨子已经被烧成了灰烬，他在覃兰雪的叫喊声中，只找着了那枚一直挂在晋秋脖颈上的铜币，就掩在灰烬里。

“为什么要回去？”

“找你。”

“然后呢？”

“带你走。”

晋秋没有接话，覃一沣低着头，也不急，目光落在那枚铜币上，耳边好像响起了覃兰雪的声音。她问他：“你捡那东西干吗？又不值钱。”

铜币是一文的，连包子也只能买个素的。可是这东西是晋秋的，什么值钱不值钱，他就这一件东西是晋秋的，还是捡回来的，宝贝得不行，贴着胸口放着。

他脸上的表情时时变化着，没发现晋秋盯着他看，他突然笑出声。

“只是没想到，回去的时候，就找不着你了。”

“那天的火很大，若我还在，怕跟死去的兄弟们一样，只剩下烧焦的尸体了。”晋秋突然感慨着，心里的寒意又多了几分，却不是因为面前的这个人。

“那天，你在哪里？”身子微微靠前，她的胳膊撑在桌面上，她把两人之间的距离拉近。

覃一沣把铜币抓在手心里，一层细汗生了出来。他松开掌心，说：“我带着孟珒修下山了。”

“嗬……”一声轻笑把他的话打断。

他早已料到这种情况，所以停顿着，可是没等到对方的挖苦。

他继续说：“那个时候，官兵已经来了。他们举着火把，从山下一路往上，我带着孟珒修从后山的小路逃走。”

晋秋变了脸色，挺直了身子听他后面的话。

说到此，他反问："晋秋，为什么你会觉得，天津城湖塔港的公子丢了，孟家会没有动静？"

在她面前，他从来没有为自己辩解过什么，一字一句也没有。可是她竟然真的从来就不信他，连最基本的思考也没有了。

他哑着嗓子重复地问她："为什么在你心里，我一定是你的杀父仇人？为什么？"

她看见他的眼眶变红，一滴泪从眼角滑落下来。他暴怒的声音在房间里炸开将她死死囚禁，她想逃，却被他抵在墙上，他一遍一遍地说："你从来不信我，你从来就不信我。"

十三岁那年他第一次见着她，她说他是狐狸媚子生的小煞星，以为他是来抢她爹爹的疼爱的；十五岁那年，她蹲在他身边，骂他臭不要脸，不准他再跟晋诚说以后会娶她的胡话；十七岁那年没见着最后一面，可是她偏就信了他害了整个寨子的鬼话……

他松开面前人的手腕，任她一点一点后退，别过脸，他转身下了楼。

楼下，有风灌进吵闹的屋里，不知道哪位脾气大的爷骂着不知事的小厮也不知道将门窗合紧些。

她慢慢走到楼梯边上，瞧见的，只有覃一泮出门时被风带起的衣角。

2.

天气越发热，树上不知什么时候爬上了蝉，整日的鸣叫声叫人心烦得很。晋诚扑过几次，一只也没扑着，最后晋秋说放任着才作罢。

热气从地砖里升起，穿着鞋的脚踩在上面都叫人觉得烫。晋诚从井里打了水，甘甜清爽，一盆盆泼洒在院子里，这才算消了些暑气。

晋秋在树下乘荫，叫着晋诚一起。

前一日晋秋捎了件新鲜玩意回来，说是叫风铃，西洋的东西。她将它往门上一挂，铺子里有没有人进来，听声儿便知晓了，所以两人这时悠闲地喝茶吃瓜子。

“听说斗三两的小十一没了？”将一粒瓜子扔进嘴里，晋秋问。

“是，他夫人说玩物丧志，把小十一给炖汤了，彻底绝了他的心思。”晋诚幸灾乐祸。

不像前几日头顶阴云密布一般，晋秋心情渐渐开朗了起来。只是不管晋诚问她几次在长旧里时覃一沣同她说了什么，她都恍若未闻，绕过晋诚，做自己的事去了。

风铃响，两人默契地往铺子望去，晋秋推说自己还没完全好，

怕把客人吓走，让晋诚去招待。

晋诚笑，然后一句话也没顶她，整理好衣服便背着手往铺子走。

进屋片刻，他探头喊她：“秋姐儿，是宋家老爷子来请，还有，翠悦轩送了封信来。”

信被晋秋收进里衣里，同晋诚交代了两句，便上了宋家的车。

宋家宅子坐落在英租界外的成英街，家业虽比不及孟家，可是在天津城里却也是大家。书香门第，祖上连着五代为官，宋时澜的父亲是宋家大房所生，喜爱读书考取功名。二房叔叔不同，喜欢跟算盘打交道，却因此跟家里生了怨，搬出宅子自立门户终有所得，只是苦于膝下无子，最后将生意全部交给了宋时澜。如此，宋家立于天津城里，比起其他七家，更添了份书卷气。

晋秋到宋家时，快要临近中午，门前的小厮迎着她，经过前院，又踏过一段长廊才到正厅里。宋时澜正坐在上座，双手托着茶杯，跟人笑着。

那人侧着身子，穿着件黑色长衫，外面套着银灰色的短褂对襟，微微低头，大概也在笑，时不时点头。

“老爷，晋老板来了。”小厮在外说道。

“请进来。”

晋秋一脚踏进门槛，另一只脚还没落进来，便瞧见那个侧着身子的人是孟肆修。她脸上的笑容僵硬了几分：“宋老爷子。”

“鬼丫头来了，快坐快坐，上杯新茶。”宋时澜招呼着晋秋，又跟一旁的孟肆修说，“早听说你们早就认识了，我便不多做介绍了。”

孟肆修微微颔首，转头面向她：“晋老板。”

他脸上是熟稔的笑容，不多一分刻意不少一分自然，好像他们真的只是平常的相识之人罢了。

“孟公子。”晋秋落座，点头问好。

然后两两无言。

宋时澜没有察觉不对劲，继续跟孟肆修聊着刚刚的话题，中途他伸手打断，转头又跟一边显得拘谨的晋秋说：“今日是孙女采芸的生日，请些小辈来家里坐坐，热闹热闹，其他人在院子里吃茶，我这里你若是无聊，便去跟他们坐坐。”

得了话，晋秋便欠身出了屋。她气定神闲，背着手，假装着没看见孟肆修一直落在她身上的目光。

除了她跟孟肆修，还邀请了宋采芸在学校的一些同学，男生女生在后院的凉亭里吃着茶。学校里的趣事在这里被谈起，更加有趣，

宋采芸被顾罗安逗得咯咯直笑，然后瞧见爷爷说的秋姐姐站在后院的院门下，弯腰瞧着地上，她伸手喊着：“秋姐姐，来这里。”

她跟晋秋还未打过照面，只是上次在凤居楼匆匆见过，后来常听爷爷谈起，说是豪气儿女，又是魏箐叔叔的学生，沾着亲，便莫名对这位姐姐喜欢。

晋秋瞧了一眼，在她的热情招呼中倒是一步步接近了凉亭。

宋采芸拉着晋秋的手，高兴地说：“早上爷爷说邀请你来，我还说他是想你了，没想到见着你，我反倒比他更开心是不是？”

一张娃娃脸笑起来肥嘟嘟的，叫人喜欢，晋秋不怕生，捏着她的脸答：“是，看你的脸都要红透了。”

“啊！”听此，宋采芸撒开她捧着脸，真是有些烫。周围的学生更是笑作一团，她急道，“你们不要笑，不要笑！”

众人未停。忽地，一个声音从晋秋来的方向响起，问：“你们怎么又在欺负采芸！”

高跟鞋踩在地上发出噔噔的响声，众人回头，就瞧见刚刚半路不见的孟曼新，还有她身后的覃一洋。

“曼新，你怎么才来？”宋采芸明知故问，眼神在孟曼新和覃一洋身上来回流转。

孟曼新作势要打她，被她一躲，作罢：“我的礼物落在车上了，特意回去取，你就这般取笑我？”说着便挠宋采芸的痒痒。

宋采芸只好求饶：“我错了，我不该胡说。沣哥哥，沣哥哥你快拦着她呀！咯咯……”

不等覃一沣开口，孟曼新便停了下来。她站在覃一沣身边，将礼物交给宋采芸，祝贺的话很少，但是能让对方知晓心意，便够了。

“咦？你还有朋友吗？也不介绍介绍？”孟曼新望着背着身子站在凉亭的围栏边上的晋秋，好奇地问。

宋采芸这才惊觉冷落了晋秋，拉着她，跟大家介绍：“这是晋秋，秋姐姐，他们都是我的同学。沣哥哥不是，他是跟孟曼新一起来的。”她故意指着两人，好将这个谁都知道的秘密告诉这个刚刚进入他们领地的新人。

孟曼新见过晋秋，小叔曾请她来家里做客，可总觉得好像还在哪里见过，可是偏偏想不起来，最后作罢，点头问好。

晋秋没敢看覃一沣，尽管她知道他没有在看她，可是依然不敢。她垂着头，跟坐着的同学们聊天，聊日租界里穿和服的女人和举着洋枪的男人，最后嗤笑一声，又聊起港口边上新开的那间茶社。那里常有些学生去，聊学校，聊家族，聊国家，那里好像是所有爱国

学生的天堂，他们可以畅所欲言，高谈阔论。

“秋姐姐，你知道那里吗？”宋采芸怕她融不进来，贴心地问。

晋秋笑着：“没关系，你们不用顾及我，我正好爱听。”

顾罗安听此，跟她介绍着：“那里是孟老师的地方，应该是家里的产业，只不过方便了我们这些穷学生，是孟老师体恤我们。不然，我们哪能像今天一样平安地坐在这里？租界里的那帮家伙早就看我们不顺眼了。”

说起来，那里竟是一个避风港了。晋秋想到此，下意识地笑。

一声咳嗽将她给拉了回来，抬头，覃一沣正看着她。

她仓皇躲过，四下没有能遮挡的东西，手还在桌上无处安放着，然后随意抓了把瓜果，继续听着。

可心里总是痒痒着，叫她去瞧那个人，理智又把她拉扯住，叫她不要忘了他们之间是有仇恨的。

“沣哥哥。”宋采芸突然喊着。

覃一沣一直没作声，可今日的小寿星朝他开了口，他应着：“宋小姐。”

“你支持孟老师吗？”她的声音软软糯糯，这时候却带着一份坚持，她需要更多的人用肯定的声音去支撑着她的孟老师。

梅花
便落满了
南山
只要想起一生中后悔的事，
梅花便落满了南山。

在场的人纷纷瞧覃一沣，除了晋秋。

他再次不作声，眼睛望着宋采芸，笑得越来越深。直到坐在宋采芸左侧的晋秋也好奇地抬了头，他才说："他要做的一切，我都支持，没有条件。"

如此慷慨话语，在同学们之间引发了掌声。

孟曼新笑弯了眼角，她侧身坐在覃一沣身边，旁人瞧见像是耳鬓厮磨的恋人一般。

覃一沣也在笑，内敛的、沉稳的笑意在嘴角荡开。

晋秋瞧着出了神，旁边的宋采芸玩闹时碰着她的胳膊，她反应过来时，发现覃一沣也正瞧着她。

她躲过他的目光，慌乱逃走。

饭是在宋家用的，听说是从北平请来的厨师，擅长做满汉全席。虽然这时候提及这四个字已经叫人愤慨不再，但是上桌的菜色却叫人垂涎三尺。

宋时澜平易近人，饭桌上年轻人多，他对那些旧条规只字不提，还乐得听孩子们讲讲新鲜事。最后他才是被逗得哈哈大笑，最开心的那一个。

“你猜猜，我给采芸准备的礼物是什么？”饭后，一众人围在一起送礼物，宋时澜指着顾罗安问。

顾罗安生得清秀，一身白色长衫穿在身上颇有股古道仙风的味道。他挠着头，不确定地问：“我曾听采芸说想去留学，难道是这个？”连他自己也激动得差点儿跳了起来，更别说一旁的宋采芸。

宋时澜卖关子：“不是，但很相近。”

宋采芸虽然失望，但是听闻相近却还是期待着。

没人猜得出，连问及孟玮修时他也连连摇头。

宋时澜唤小厮，交代两句，然后瞧着众人不说话。学生们性子急，孟曼新尤为，问：“宋爷爷，难道是什么活物吗？要去请的？”

宋时澜笑而不语，瞧见门外小厮已经将礼物带了来，指着门口让大家往外瞧——是个金发碧眼的英国男人。

“你想留洋，爷爷不反对，但是你得先完成在学校的学业。这是简平安，你的英文老师。”宋时澜介绍着。

他的话叫其他学生不禁发出了感慨，而宋采芸更是激动得拥住了宋时澜，鼻尖在他额头上蹭了蹭，小声说了句谢谢。

简平安是个会聊天的英国男人，几个学生被他逗得咯咯直笑。最后他们还似不满足一般，让他再多讲一些。

“那多无聊啊，简平安，你来猜猜，我们都是做什么的吧？”顾罗安提议。

只是提议一出就被孟曼新给否决了：“刚刚宋爷爷已经说了，我们是学生。”她指着围坐在一起的几人，除了晋秋、覃一沣和孟肆修三人散坐在其他几个位置。

“对，就猜猜他们。”

简平安笑着点头，表示没有问题，然后先指着晋秋，说：“她很漂亮，不过穿着男儿装，洒脱豪迈，应该常与人打交道。我猜猜，是生意人吗？她的右手食指自然弯曲，这是经常打算盘的人才有的特征。”

众人惊呼，甚至连晋秋也下意识地摊开右手，仔细瞧了瞧食指跟其他手指的不同，好像是要弯曲一点。

“那这个呢？”孟曼新指着覃一沣。

简平安转过身子，眼神流转的瞬间，先瞧见了跟覃一沣坐同一边的孟肆修。他抱歉：“不好意思，也许，我能先讲讲这位先生？”他摊开手，五指紧闭侧对着孟肆修。

学生们纷纷点头，他们也好奇，简平安能不能猜对孟老师，或者说，在简平安眼里，孟老师是怎样的？

简平安微微笑着，这仿佛是英国男人与生俱来的特质，绅士的笑容总是让人觉得如沐春风。

“我见过你，在英国的时候。”他慢慢开口，像是在客套，又好像他们真的见过。

孟玮修听此，微微欠身，示意他继续往下说。

“当时是在外交课上，你被奥利弗教授叫上台。”他回忆着，对那一天依然记忆犹新。

孟玮修脸色突变，他双手撑在扶手上想要起身打断简平安，肩上却多了一只手压着他，又轻轻拍了拍他。

他扭头，覃一泮不知什么时候站在了他的身后，眼神落在简平安身上，微微摇头。

简平安继续说：“你打断了奥利弗教授的讲课，还动手打了他。教授的两颗牙齿也被你打断，学生们都很慌乱，你指着台下的人怒吼‘You are foolish!You are foolish’。”

You are foolish，你们都是蠢人！

这下几个学生也跟着变了脸色，相互看着，纷纷蹙眉。

“是你吗？”简平安一字一句道，“孟玮修。”

宋时澜手里抓着拐杖，左手掌心包着拐杖龙头，凸出的图案把掌心磕疼。在他的眼里，如此失态的孟瑋修，已然是失了故友仇家的面子，更何况还是在国外，丢的不仅仅只是仇家的面子。

几个学生哑然失语，晋秋瞧着这些人发怔的样子竟觉得好笑，一个洋人罢了，竟也信了。

“嗬……”一声失笑，在这寂静的房间里异常清晰，那人立在椅后，竟笑得掩了嘴。

众人瞧着发笑的覃一沣，孟曼新小声喊着：“沣哥哥。”

这一声竟叫得孟瑋修身子发颤，他缓缓回头，瞧见覃一沣微微滚动的喉结，反问着：“那之前呢？”

简平安侧头，皱眉，无话。

众人的眼神在两人之间流转，宋时澜咳嗽一声，这下更无人说话。

覃一沣手背上的青筋凸起，孟瑋修几次起身，都被覃一沣给压了回去。覃一沣从椅后绕到前面来，一步一步向简平安靠近，身上好像涌起蕴藏了千年的寒气，让简平安也瑟缩了身子。

“那堂课有六十七个学生，当中有六个中国学生，讲的是民族起始。你的奥利佛教授侃侃而谈，将我国万里疆土视为己有，侵略被谎称为收复。如此大逆之言，叫我族好男儿听其言，受其辱，

当可？”

一声“当可”，落进几人耳里，让他们红了眼眶。

顾罗安怒吼一声：“不可！”

身旁的男生起身重复，几个女生也站起身，启唇吐出的两个字轻柔却有力，铿锵如熊熊火焰，又似翻涌浪潮将简平安淹没。

“你！”简平安未料想到，除他跟孟肆修外，还有一人对当日之事知晓得如此详细。

就算他巧舌如簧本想颠倒是非黑白，可在这个从未谋面过的男人面前，却无言再辩。他瘫进仙人椅里，没了刚刚的那份挥洒意气，眼神黯淡，摇摇头，自嘲地笑。

“孟肆修，你当日打断的不只是奥利佛教授的牙，”覃一沣回身，逆光里衣袖处的金线刺得叫人不能睁眼，“还有这些侵略者登天的傲气。可就算如此，今日他们还在这天津城里指手画脚分割街道。一座城，叫他们分了，一个国，也要叫他们分了，你愿意吗？”

这话一出，学生们纷纷瞧着孟肆修，连坐在厅上正中的宋时澜也虚眯着眼睛，枯瘦发皱的双手合在拐杖的龙头之上，等着他落言。

“当然，”肩上无人再压着他，孟肆修起身往前，睥睨着垂头丧气的简平安，“不能了。”

一声闷响。

仙人椅里的简平安被扇倒在地上，右边脸颊红了一片，人晕乎着，下意识地求救：“宋老爷，救救我。”

这时候绅士的男人头发散了，伸着的手十指苍白，人跪着往前。没等他走到宋时澜面前，就先被一人给拦了下来。他抬首，是那个穿着男儿装的漂亮女人在面前蹲下，朝他伸出右手：“你知道我这只手在打算盘以前，是做什么的吗？”

简平安没答，心里已经冷了一截。

“拿刀。”晋秋瞧着自己的手，“屠刀，杀人的刀，一刀落，人头就掉。”

她说得发狠，叫身后几个女学生吓得变了脸色，她们捂着脸，怕她真的掏出那把能砍掉人头的屠刀来。

简平安被吓得失声尖叫。面前的老人一句话便能要他的命，而身旁的这个女人，更是让他汗毛竖立。死境，他从未想过他也会遇上这一刻。

宋时澜扫了一眼厅里的小辈们，大多都被吓得怔在原地没有动弹。

晋秋蹲在地上，这丫头的撒泼样子瞧着够唬人，让他不禁发笑。

他的目光拉远，孟玮修背手站在简平安的身后，身上的公子哥儿性情这会儿就显露了。

再往后，是处在阴影里的覃一泮，他身形清瘦，一手撑在椅头上，模样是瞧不清了，就知道他笑着，笑这厅里还有豪情几千，笑那地上的狂妄之徒消瘦薄力还想撼动这方土地。

他仿佛是一座山，山的背后是光，一点一点地，要将这些被笼罩在阴影里的人给拉扯出来。

“你，过来。”拐杖指着覃一泮，宋老爷子沉声说。

阴影里的人动作，跟孟玮修擦肩而过，一脚跨过地上的简平安。他低垂的目光落在晋秋正收回的手上，本来是匆匆一眼，余光却迟迟没有收回来。

到正前，他轻唤：“老爷子。”

“我跟孟炳华有气，算起来，其中也有一部分你的原因。”他左边的衣袖轻抖，露出半截胳膊。

覃一泮垂首：“小辈有愧。”

宋时澜摇头：“他如何教你，放任你在这天津城里阴诡算计我不管，是因为瞧不上眼。可今日，你这份气我消了。”

孟玮修骇然抬眼，片刻后收回目光，瞧着地上的简平安，垂在衣侧的手握紧成拳头。

几个小辈不知这话缘由，只是对最后那句莫名。

晋秋起身，落座在宋时澜左侧的仙人椅里，一手托着茶杯，漂浮的茶叶被她用茶盖别开，淡淡的目光在孟珒修身上扫过又落在绽开的茶叶上，轻抿一口。

覃一沣欠身：“老爷子宽心。”

宋时澜遣了人将简平安拖下去，在英国男人的哀号声中，他抱歉地说：“本来是高兴的日子，叫大家扫了兴，还请多担待着。”

没人敢说他的不是，浅浅笑过，一桌人又在孟曼新的玩笑中热闹了起来。

厅外院里的一声惨叫，淹没在重重的笑声中，好像谁也没有听见，又好像谁都听见了。

桌下，本来熨烫整齐的西装裤被孟珒修抓得起了褶。他微微侧头，瞧着跟孟曼新低头说话的覃一沣，眼里闪过的点点水光在紧皱的眉头强逼之下又散了去。

他听见了简平安的那声惨叫，直穿进心底，把心房砸出了个大窟窿。原来……原来在外八年，覃一沣竟然一直在监视着他的生活，连细碎也未放过。

第七章
我要的从来不是你的
一句对不起啊
MEIHUABIAN
LUOMANLENANSHAN

1.

回去是四人同行，宋老爷子特意交代，一定要把晋秋送回缺月坞，平平安安的。

他交代的人，便是覃一洋。

上午还好好的天气，只过了一顿午饭的时间，来了场急急的暴雨。院子的角落里长着青苔，被雨水冲刷过后，更是绿油油的。

“老爷子通晓，你是商会的人，我不能亏待，不然他对我的气更不能彻底消了。”两人一前一后踏出宅院门槛，边说着闲话边往前走。

晋秋吃了些酒，脸颊两边各染着团红，人却格外清醒。她反问：“我为什么要你好过啊？”

脚下是台阶，一只手伸来搀着她的胳膊。

“我本来就不好过。”轻轻的一句，在她耳边炸开。

晋秋脸上的红褪去变成了白，牙齿打战的声音十分清晰，本就落在最后的两个人，这下索性不走了。

她挥开他的手，昂着脸，指着胸口：“你会比我更不好过吗？覃一沣，每一次见你，我这里就像被人用刀剜着，剜成一片一片不够，现在就要被剁碎了。”

那边，孟曼新已经上了车。车外还站着个影子，往这边瞧着，见两人未动，像争执着，踌躇了半天还是往他们这边走来。

“怎么了？他惹你生气了？”孟肆修说话向着晋秋，即使并没有让晋秋瞧他一眼。

孟肆修转头，同手僵硬在半空的覃一沣说：“你拉扯她做什么，你欺负不得她。”

也许是忘了他们已经不再是恋人的关系，他说起话的时候仍处处护着晋秋。

晋秋这下才觉得头疼，夹在两个男人中间，就像夹在爱与恨中间让人不能动弹。她揉着眉心，先一步上了车，留下两个男人站在原地。

“你刚刚同她说什么了？”孟肆修一指顶在眉边穴位上，被焦心缠绕着。

“说了些她不爱听的话，所以置气了。”无奈的语气。

两人心照不宣地对视一眼，然后同时叹气，并肩往前走着。衣料摩擦着衣料，这会儿盛夏，黏稠的汗意在两人之间生出。

急雨过去，太阳又出来，晒得人发汗又口渴。

孟肆修抿嘴，忽然问覃一泮：“你一直在派人监视我，一举一动你都知晓得如此清楚，是用笔记下来了吗？”

孟肆修还只是个七八岁的幼童时，家里的独子被送去学堂，外祖父放心不下，给他支了个书童，长他半个头，将他一日三餐都详尽记下来。他其实早体会过被人监视的日子，只是从不曾想到，还有个人，他觉得陌生，也如此对他。

“若是呢？”覃一泮问，“你也要同我置气吗？”

车里的孟曼新朝两人挥手，晋秋在她另一侧，望着窗外的风景，对他俩毫不关心。

“刚刚抓皱了裤腿，却不敢在宋爷爷面前发火，现在却不想了。”

孟肆修同车里的人挥手，眼睛却落在孟曼新旁边那人身上。

覃一泎慢了他一步，停在原地，前面那人却等着他。

“你在晋秋身边待了多久？”他身子侧向覃一泎，目光却依然落在前方。

覃一泎跟上：“四年。”

孟肆修心里算着那年在屠神寨的日子，说：“真好，我跟她只相处了三天，然后分别八年。”他偏头，“又被你仔仔细细看了八年。”

他在同覃一泎比较，然后发现这些年里覃一泎成了他跟晋秋之间的联系，覃一泎在他们各自的生命里都出现过。

“可是你们都恨我，一个恨我杀父，一个厌我夺父。”这是上车前，覃一泎说的最后一句话，然后拉开车门坐上副驾驶，没有再给孟肆修说话的机会。

汽车在缺月坞停下，晋诚就在门口迎着。

覃一泎先下车打开车门，把晋秋送到晋诚身边后便离开，没有再跟晋秋说一句话。

他的冷漠是在她的仇恨下生出的，他知道把自己摆放在什么位置才能让彼此轻松一些。可是他也明白，谁都不曾真的轻松一些。

回孟宅的时候孟炳华恰巧出门，看见三个孩子回来，脸上舒展开笑容，问过宋老爷子的身体后他便坐车去了商会。今日无事，说是约了几个老朋友叙叙旧。

孟曼新依然在覃一洋房间里待了一会儿才离开，她缠着覃一洋送她到西苑苑口，借口穿着高跟鞋在还有积水的地面上走着不方便。

“好嘛好嘛，就送到苑口，然后我就自己乖乖地走。”孟曼新摇晃着他的胳膊，桌面上一幅刚写好的字边角染上了一团墨迹。

孟曼新瞧着纸又瞧着他，撒娇喊道：“洋哥哥。”

无奈，他放下笔，从屋后抓着把伞同她走出西苑。

“若是再碰上下雨，你得自己抓着才不会被淋湿。”那把伞被他递进孟曼新的手心里，转身的瞬间听见高跟鞋上的铃铛声格外响亮。

从宋家回来，覃一洋练了两幅字，这会儿已经是黄昏。他站在院子里往高处瞧，隐隐能见着青山。雨后天空澄蓝，金黄色的阳光穿透浓云照耀下来，他瞧了好一会儿，准备回房的时候又听见身后有声响。

他转身，没料到来的人是孟肆修。

他手里还拎着两瓶酒，是他从国外带回来的，宝贝了许久，不

见他拿去孝敬孟炳华，先叫覃一沣尝了便宜。

“太淡。”覃一沣尝过一口后说。

孟肆修笑他土包子，这可是用葡萄酿出来的美酒，得慢慢品，一口咽下反而可惜了。

抓着酒杯的手微微顿住，覃一沣侧头，不知道是不是今日酒饮得多了，他觉得孟肆修不像往日般待他冷淡，话也多了许多。

他点头称是，轻轻抿了一口酒，舌尖在回味着，人瘫软在椅子里，思绪渐渐飘远，想起了在屠神寨尝的粮食酒。

“粮食都是山下的村民自己种的，一年一收，一粒都是宝贝，却被那些人全给搜刮了。”

“那你一同去过吗？”

“什么？”覃一沣微微起身，“你说去打劫啊？”

孟肆修点头。

“不去，我又不是强盗土匪，抢别人的干什么？”一声长长的叹息，他又道，“可是我吃的喝的，不就是抢来的吗？跟去抢，有什么区别呢？”

“你就是，你抢了我的。”孟肆修微醺，迷迷糊糊睁着眼，意识渐渐模糊。

又饮下一杯，孟肆修拍着桌子说：“你抢走了我跟我父亲八年的时间，还比我跟晋秋，多了四年的相处时间。覃一泮，我多讨厌你啊，所以我讨厌你啊。”

借着酒意撒出的少爷脾气，孟肆修在说完最后一个字后傻愣愣地盯着覃一泮，一偏头，便醉倒在了长椅里。

远远地瞧见东苑已经亮起了灯，西苑没下人打理，大小事都是他自己亲自来。这会儿他也承了点儿酒意，犯了懒，不愿动弹，直到天黑尽了，才找了件衣裳给孟肆修披着。

白天时候下了雨，夜里便凉爽。覃一泮走出房间，在院子里又坐了会儿。苑口有东苑的小厮来，问少爷是不是在这里，要不要用饭，他是否也一起。

“在呢，睡了，给他留着吧，再熬碗醒酒汤。”

“那您呢？老爷刚回来，说起您许久没跟他一起吃饭了。”

覃一泮走上台阶，拉亮院子里的灯。突然的光亮把小厮吓得退后一步，意识到失礼，他又小心躬着身。

覃一泮往屋里瞧了一眼：“不去了，尝了酒竟醉了。答过话后你回来守着，要是少爷醒了，你再陪他回去。”

小厮走后，覃一泮便熄了灯，不在院子里待着了，摸黑走到桌前，

将剩下半瓶酒喝了干净。黑夜里什么也瞧不见，他却望着孟肆修趴着的方向，痴痴坐着。

“有时候羡慕你羡慕极了，觉得再偷些时间也是没有关系的，可是你小气，少爷脾气还在，谁也不能抢你的东西。既然你不愿意我再偷你跟父亲相处的时间，我便不偷了。但是你也过分，跟我计较完这八年还想在我身边窥探那四年。”

“你有的我没有，没关系，你生来就该拥有世间一切。若没有的，我去帮你取来就是，要了这条命也不足惜。可是那四年不可以，你不能问不能拿，那是我唯一的东西，我跟她唯一的东西，就是拿你的所有我也不换。”

夜深，天边悬着下弦月，微星伴着月，一闪一闪。

缺月坞里安静无声。

晋诚已经熟睡，入榻前去看过晋秋，想着她吃了些酒，所以今日歇息得早，便自己回了房。

街道上刚敲过更响，已经是亥时了。

晋秋撑头坐起，头还有些昏沉，下床喝水的时候差点儿摔在地上，脚磕着凳子发出声响，她站立了一会儿，听门外没动静，才坐下喝水。

窗户开着一半，夜风灌进来叫她清醒不少。

屋里点着油灯，借着昏暗的光线，她看到了一封折开来的信，是白日里鸢月托人送来的。

里面装着一页纸和一张令条，她瞧完，就没动静了。

信纸里，是鸢月费了许多劲儿打听来的关于火烧屠神寨的细枝末节。

那一年，天津城湖塔港的公子跋山涉水拜谢恩师，外祖父自小疼爱他，安插了小厮一路跟随保护。当他遇险时，小厮便返程就近寻了警察来。

有话噎在喉口说不出来。

她手里抓着那张令条，上面写着的日期，是1919年10月12日。

是官兵绞杀屠神寨的那一日。

她记得前一日夜里，她曾偷偷去瞧过关押起来的孟聿修，蛮横许下终身誓言。离开时，看见覃一沣躲在不远的草垛里，她无视走开。第二日早起，听晋诚说前一天夜里沣哥儿好似不开心，拉着他说了一夜的话。

那日晚上，屠神寨大火，她听受伤的兄弟说，寨里独独不见了

覃一洋。火烧过后，寨里死了六十个兄弟，晋雄的头颅被悬挂在城门上，足足三日。

到今日的九年时间里，她认定了覃一沣是杀父仇人，弑兄恶人。

那时候他问她为什么在她心里，他一定是她的杀父仇人？

是那时候她被鲜血染红了眼睛，认定他那晚不在屠神寨是同官兵站定一线。

她的手握成拳一下一下砸向胸口。

原来，这些年她一直记恨错了仇人。

原来，这些年她一直都误解了他。

听闻昨夜孟珒修在覃一沣那里过夜，孟炳华一大早便吩咐下人准备好早餐，中式西式都有，摆了满满一桌子。桌上只他一个人，翻着报纸，慢慢等着。

“说夜里醒过一次，本来九爷吩咐小厮送少爷回东苑，可少爷起身喝杯水后没走，又歇息下了。”刘克在一旁重复着昨夜那个小厮的原话。

报纸掩掉整张脸，瞧不见表情，就看见报纸后面那人点点头，翻开下一张。

“曼新起了吗？”

“起了，昨夜睡得早，说老爷这几天会带她去舞会，得把精神养好。”

孟炳华叠好报纸，将桌上的碗筷又摆弄了一番：“女孩子就喜欢这些，前几日听她提起喜欢丰伊斋的裙子。”

“提前去了，但是被人先买下了，已经联系北平那边再调一件过来。”刘克说。

“一样的？那丫头不会喜欢，将师傅请过来，照她喜欢的样子做几件。”孟炳华满意地看着摆放整齐的碗筷。

“这就去。”

刘克在路上碰见梳洗好的孟曼新，说给她准备了惊喜，乐得丫头在长廊里翩翩起舞，少女的笑声乘着风从宅子里飞出了院墙。

孟炳华抬眼，就见明眸白齿的少女向他走来。他嘴边的笑容和蔼又危险，今夜开始他便要带着她去天津城里的各大舞会，去荡漾去绽放。

想到此，他觉得这是个明媚的早晨，只是除了到最后，饭桌上也只有他跟孟曼新两个人。

梅花便落满了南山

九州商会下有不少的小散铺，大多是从八大家的家族里散出来的，分支一多，散铺便生出了不少。可是铺散心却不散，铺与铺之间连着线，生意门挨着生意门，散铺们感情也浓厚。

缺月坞自从加入商会，独一家，便划入了散铺里，于是应酬也跟着多了起来。晋秋拒了几张折子，最后惹得其他铺子多了怨言，晋诚便给揽了下来。

“反正他们只知道缺月坞的老板姓晋，是男是女，谁也没问过。”

斗三两的夫人把小十一炖了汤，安抚了斗三两好几天，给他新找了个玩意，踢毛毽子，顺手给晋秋也做了一个。

鸡毛做的毽子轻飘飘的，晋秋总踢不上，最后累得瘫坐在院子里，两眼一翻：“去他的！”

晋诚黑脸，头一次觉得他终于能够体会当年当家的说的“教育问题迫在眉睫”了。只是他不敢教育他姐，于是蹲在他姐边儿上，问：“那到底去还是不去？”

“去！怎么不去？听说这些小舞会里也有不少漂亮千金，万一看上……”她话没说完，晋诚就红脸跑了。

晋秋摇摇头，果然还是宋家小姐才是晋诚的心中第一花。

没了晋诚在身边晃悠，晋秋觉得日子过得特别慢。开始的时候她还去翠悦轩找鸢月喝喝小酒，再听鸢月唱两嗓子，等天黑了再回家，倒头就能睡。后来她发现，不能再倒头就睡了。酒喝多了，她老梦见当年屠神寨燃起的熊熊大火，夜里惊起，已经出了一身的虚汗。

她已经不记得是第几个被惊醒的夜，窗户半掩着，从这里看过去，能瞧见半个院子还有一片乌黑的天。院里空荡荡的，晋诚不在，连吵闹声也没有。

她穿了件单薄衣衫，光着脚，推开门往外走。

月亮明晃晃地挂在天上，她站在院子里瞧了半天，觉得那月亮看着真好看，不知道从哪里来，寻不寻得到影子。这样想着，连缺月坞的门也被推开了，朝着月亮的方向去，她走，月亮也走。

她穿街过巷，一路寂静，到日租界的时候，里面还亮着灯。她站在租界外往里瞧，那些灯颜色亮丽晃眼，瞧着就不好看，不像月亮一样纯净洁白，她挪开脚步，继续追赶月亮。

魏箐刚来屠神寨那会儿，她总缠着他给自己讲《山海志怪》，她现在还记着一则，叫《夸父逐日》。光着的脚丫踩在生出暑气的地上，她想，是不是也要给自己编上一册，就叫《晋秋追月》好了。

一直到走累了，想歇息了，她才停在一尊石像前喘了两口粗气，

擦掉额间的汗，抬头才发现，她竟站在孟宅门前。

屋檐边上悬着两个灯笼，是中秋的时候挂上去的，借着月光还能瞧见里面燃了还剩一半的蜡烛。门把好像落了锈，大户人家，也不找人擦擦油……

她就那样坐在石像前，歇息得气匀了，便跷着二郎腿将整个宅门仔细打量着。说来也奇怪，这月光虽然明亮，将暗街也照亮了半条，可竟然还能让她清晰地瞧清门上的纹路。

她记得出门前，放在床头边上的西洋小钟嘀嗒嘀嗒转到了凌晨两点的针上。算算时间，这会儿也快三点了，她的心情这时候好得出奇，几日来的阴郁都消散了。

从那以后，每次晋诚出去应酬，她便趁着月色在街上走走停停，不知道要去哪里。只是每一次，最后停下的地方，都是孟宅门口。

这成了她一个人的秘密，连最亲近的晋诚也不知晓的秘密。

直到某一日秘密被人撞破，她仓皇而逃，却没躲开被那个人抵在硌得背发疼的墙面上，才总算从这个重复沉溺的梦里醒了过来。

2.

她记得那一日是寒露，天寒了下来。晨起的时候晋诚还特意烫了壶菊花酒，给她纳了双新鞋底。因为她爱光脚这事儿两人已经吵了好几回，最后一人退了一步才算过去。

她记得如此清楚，是因为这是她收到的第八双鞋底。那年火烧屠神寨，她被大火吓晕了过去，醒来后脚底总觉着发热，天热时便不爱穿鞋。

而那个晚上，她好像比以前早些时候出了门。因为晋诚说今晚舞会上的人都有女伴，他没有，说留着也没乐趣，不如早些回来陪她。

依然是在追逐着月色，依然在孟宅门口停下，只是她瞧着今日不同，屋檐上的灯笼点着。

门前点灯，是在等着归人。

晋秋仍坐在那尊石像前，前几个夜里她在昏沉中听见了某个声音，觉得耳熟，再听便没有了。现在坐在这里，她耳边嗡嗡又响起了些细碎的声音。

一秒，两秒……声音渐渐清晰，一束灯光闪在暗街上，一辆车急急驶了过来。

她在灯光中缓缓站起身，听见慌乱的声音，还有抽泣的声音。光着的脚丫这会儿有些冷，脚趾紧紧抠住地面，她侧头，瞧见车里坐着的三个人。

车后座的女人头发有些蓬乱，被汗水浸湿的发丝凌乱地贴着额头，发抖的身子被衣服包裹着，从驾驶位下来的小厮颤抖着手迟迟打不开车门，他急着喊后座抱着女人的男人：“九爷！”

“你慌什么！”男人暴怒。

男人伸出手打开车锁，将车里的女人打横抱起，脚步已经乱了，又被小厮喊住：“九、九爷，有鬼！”

小厮指着石像边上的那团白影，长发披散着站在光影里，在这时候瞧着真叫人觉得撞了邪。

从额间掉落下来的汗水正巧落进眼里，瞬间双眼涩得发疼，瞧着的东西都是模糊的，他还在上台阶，走到最后一阶时，才看清那个白衣女人。

“晋秋！”

晋秋！晋秋……一声暴喝，跟前几个夜里耳边嗡嗡的声音居然重叠在了一起。

小厮刚刚被吓得不轻，这一下更是管不住腿，软得直接跪在了地上。他嘴里喃喃着，被覃一沣狠狠踢了一脚才回过神来。

“你先带小姐进去。”他吩咐着，又说，“要是吵醒了其他人，我要你的命。”

小厮头也不敢抬，扶着瘫软的女人推开了宅门，停顿了一瞬没力的双脚才敢往里踏。

“你怎么在这里？”覃一沣脱下西装外套，披在晋秋的身上。

如梦初醒一般，她眼皮轻抬，迷迷糊糊地说：“我常常在这里。”

“常常？”覃一沣皱眉。

晋秋点头，然后瞧见他白色的衣领上蹭着点红，伸手摸上去：“女人香？”

她语气轻挑，话说得更是荒唐：“覃公子好兴致。”

她的目光落在宅门口，小厮的背影消失不过一小会儿，她的意思明显不过。他就这样把风尘女子坦荡荡地带回家，可怜人家姑娘还在哭哭啼啼。

“不要胡说。”覃一沣扯她的手，才发现她连鞋也没穿。

他蹲下去，摸着她脚底的小石子，抬头问她：“不疼吗？”

她摇头：“不疼。”

他起身，拉着她的手腕：“进去，我给你找双鞋。”

身后的人纹丝不动。

覃一沣回头去看她，她的头发被吹来的风散得遮住了眼睛，她张嘴吹了两下，还有一两根发丝缠在眼睛周围。

他叹了口气，伸手帮她把头发拨了下来，问她：“不想进去？”

“不想。”

“那你在这里做什么？”

刚刚还挺溜的嘴这下顿住了，她想了想，老老实实地说：“不知道。”

身后响起细碎的脚步声，小厮又折了回来，躬身说：“九爷，丫鬟把小姐扶进房间了。没敢跟旁人说，你要不要再去看看？”

他心里突然烦躁起来，尤其是看见晋秋裸露着的脚趾紧紧抠在地面还倔强着不肯跟他进宅子。

他挥手遣走小厮，然后一把抱起晋秋，任肩上的人捶打撕咬。直到他把人扔在他房间的床上，打了盆水，帮她把脚洗干净，关上门前说：“你今夜就在这里歇息。”

然后他就走了。

留在房间里的晋秋望着地上的那双新鞋，红色的布鞋，上面绣着海棠花，盘扣是螺纹样式的，是她小的时候常穿的款式。

窗外有低低的说话声，覃一沣在咳嗽，然后就没了声儿。房间里的晋秋穿上鞋趴在门边看着，覃一沣跟一个小厮就站在门外。昏暗的光打在他的侧脸，眼神里涌动着肃杀之气，跟小厮小声交代了两句，然后往门这边瞧了一眼，两人一同离开。

晋秋打开门，跟在他身后。

影子走得很快，她小跑着才能跟上。

在宅子里拐来拐去，她根本来不及去瞧旁边的景致如何，只知道在一个岔路口的地方站着好些穿着黑色长衫的人，跟在覃一沣身边的小厮一同消失在了黑暗里。而他继续往前走着，没有一刻停歇。

覃一沣停在一间亮着盏油灯的房间前，开了半扇窗，屋里散出香味，是姑娘家的房间。

丫鬟给覃一沣·开的门，一张小脸哭得泪如雨下，险些给覃一沣跪下。

他问："怎么样了？"

丫鬟抽噎着："一直哭，喂了药现在才躺下，可是睡不踏实。"

覃一沣走进房间，丫鬟立刻把门关上。

晋秋蹲在打开的那扇窗户下，里面还在说话。

"九爷，这事儿瞒不住的。要是老爷知道了，肯定……"说着说着便不忍说下去了，抽噎的声音更大了。

房间里久久没人说话，丫鬟说："我家小姐命怎么这么苦，偏

就遇上了这种事？九爷，您一定要给小姐做主啊！”

晋秋慢慢起身，双手趴在窗棂边上，往里瞧着。覃一沣就坐在床边，手伸进铜盆里浸湿手帕，仔细地给床上的那人擦着脸。

手背上的青筋清晰可见，他轻轻地对床上不安稳的人说：“哥哥会让那些人付出代价的。”

床上的人梦呓不断，大概是做了什么噩梦，左右睡得不踏实。覃一沣轻轻拍着她身上的棉被，唱着听不清楚的童谣，这才将那人哄睡了过去。

折腾了大半夜，覃一沣回西苑的时候，屋里还亮着灯。

他推开门，晋秋正坐在桌边，桌面上还摊着他出门前没写完的字，一笔落得生硬，她的掌心正合在上面。

“夜里本来就凉，怎么把外套脱了？”他走进屋，解开袖口的纽扣。

外套被她扔在了地上，他弯腰捡起，拍了拍灰尘搭在椅子上，又拿了件新的给她披上。

她的头发还乱着，他鬼使神差地伸出手，指间泛白的手指在黑发里穿梭，没有木梳，他小心地用手指把头发一点一点理顺。

“晋秋。”

“嗯？”

他微微一愣：“没什么。”

就是觉得太不真实了。

她就乖乖地坐在他身前，任他打理着她的头发，一言不发，让他以为自己做梦呢。

“刚刚那些人是去杀人吗？”那些穿着黑色长衫的人，跟黑暗融为一体。

覃一洋将她的头发分成两股，一边又分成三股，编成麻花样式。

“是。”

将两边头发编好，他在她的对面坐下，瞧着她的手，问她：“不睡吗？”

“你睡得着吗？”她反问着。

她盯着他的眼睛问的，叫他心里“咯噔”了一声，隐隐疼了几下。

她隐约猜到了几分，也不知该问不该问。

她脚上还光着，在从西苑去东苑的路上沾了泥，叫他瞧见了。

“你刚刚跟着我？”

晋秋没有否认：“是。”

覃一沣欲言又止，最后恳请着：“事关紧要，烦请晋老板保密。”

“你放心。”她坐直，放言绝不会透露一个字。

覃一沣对她自然放心：“多谢。”

晋秋问他：“这么相信我？”

“很相信。”

他答得毫不迟疑，反倒叫晋秋低下了头。

双指缠绕着，她有些懊恼地开口：“我托人打听过，那年官兵上山是早早就得知了消息。”

“嗯。”他轻轻应着。

窗外树枝晃动，圆月隐在云后，瞧着天快亮了。

晋秋走出门的时候，院子里的有露珠结出，在瘦窄的绿叶上攀附着。

她走过，裙摆拂过绿叶，露珠落下几滴。

沉沉坠落，化进泥土里。

连着这些年她对他的所有误解和仇恨，一同化进泥土里。

房间里，忍耐许久的人再也制止不住泪水滑落，他恨恨地捶桌，低言着：“晋秋，我要的从来不是你的一句对不起啊！”

派出去的人是在月色消散时回来的。

灰色长衫皱乱着放在床上，洗了个冷水脸，发梢的地方还挂着水珠，他换上长衫，一颗一颗扣着纽扣，问等在身后的小厮：“处理干净了？”

小厮埋着头，见了血，还后怕着：“处理……处理干净了。”

太阳正升起，阳光透过窗户倾泻进来，他张开手，又把五根手指狠狠攥在一起，指甲嵌进肉里。他眼里的怒火烧得正旺时，刘克急急的影子就晃进了西苑。

“老爷叫您过去。”

小厮听了吓得险些跪在地上，他颤抖着身子偷偷抬眼瞧覃一沣的动静。他正从木架上取下毡帽，手从帽顶拂过，将其压在右边腋下，然后走出门，跟着刘克往东苑去。

一路上两人无话，脚步很快，一直到孟炳华的书房门前，刘克才说：“老爷在里面等着。”

像冰原上被人凿开了洞一样的声音。

覃一沣站在门前，他已经猜测到，这扇门后的人，要将他的人生颠覆了。

从隔壁巷子打回来的新鲜豆浆，香味特别浓郁，还有桥头陈家饱满的肉包被摆在盘子里。晋诚放好筷子，正想叫晋秋，帘子就被掀开了。

乌黑的下眼皮叫晋诚吓了一跳，他忽闪忽闪着眼睛瞧了好半天，然后不知死活地问：“你昨晚去会情哥哥了？难怪我回来时，你房间就熄了灯。”

她一巴掌拍在他的脑袋上，手里还攥着一把用来削水果的小刀。

晋诚咧着嘴，双手抱头求饶：“我错了，我这张嘴就是爱胡说，你也知道的，你大人有大量，放过我行不行？”

小刀被扔在桌子上。

晋诚盛了一大碗豆浆，吹了吹，递给她：“本来昨夜回得早，还想跟你八卦八卦个艳事，见你房间没了灯还以为你睡了。可是你这青黑眼皮又是怎么来的？自己揍了自己两拳不成？”

一口豆浆下肚，晋秋打开他伸来的手，不在乎地问：“什么艳事？”

“昨晚那场舞会，来的都是些少爷姑娘，说什么让年轻人多认识认识，其实不就是为了给自家寻个好亲事嘛？不过我走前，听说那帮少爷天大的胆子，将谁家的姑娘给带走了。”

晋秋觉得不对劲：“没打听到是谁家的？”

晋诚咬了一口肉包子：“那谁能知道啊？蒙面舞会，脸上都戴着面具呢，就放肆了，完事了又不知道谁是谁。”

难怪！

“你说几个人？”晋秋放下碗，正色问。

难得见她这样好奇，晋诚伸出五根手指，确认着：“五个人。”

天边响起一道惊雷。

晋诚起身关窗，一阵风循着缝隙钻了进来，冷得叫人哆嗦。他回头，抱怨着：“这天变得也太快了。”

还剩半碗豆浆，晋秋没心思喝，把碗推给晋诚：“留着晚上喝。”

“午饭不吃了？”他见她起身，问着。

晋秋从钱柜里掏出一卷银票，数了数，抬头说：“也许下午才回来，你待在店里，老老实实地睡觉。”

晋诚察觉不对，问她：“姐，是不是出什么事儿了？”

门被推开，漫天风沙就卷进了房间里，晋秋被迷得睁不开眼，手撑着门板，揉了揉眼睛，隔了半晌才说：“无事。”

关上门，还是能听见呼呼的风声，摔得门窗噼啪作响。

晋诚瞧着那半碗豆浆，心想，这天津城里，怕是要变天了。

孟肆修是从学堂里赶回来的。课间的学生们谈论着今天早上在街边发现的五具男性尸体，均穿着西式燕尾服，脸上戴着面具，脖子却被一刀抹开，鲜血染红了整条巷子。

早晨出门的时候他就发现了不对，平日里缠着要跟他一同去学堂的妹妹今日破天荒地赖了床，连招呼也没有。他那时问过一句，说是赖了床，他便一个人先走了。

下了黄包车，他急匆匆地往东苑里跑。

东苑最里面的那排厢房外站了不少人，几个年轻的丫鬟大概是没见过这样的场面，哭得喘不上气。年纪大一点的在旁边指挥着，热水端进去一盆又一盆。

大夫来瞧过一次，说是下体本就撕裂得太严重，再加上她的精神状态不大好，所以身体一冷一热，这下大出血了。

大夫一边说一边拿手帕擦着额间急出的汗，刘克请大夫快快开药。丫鬟们烧水换水，孟肆修站在他们之间，却像被隔绝在他们之外。

他拉着离他最近的人问：“曼小姐怎么样了？”

丫鬟本来就怕，这下眼泪直接往外淌：“不、不太好，一直在出血。”

他松开她，想进去瞧，又被一堆丫鬟拦在门外：“少爷，少爷……”

耳边被这些声音吵得头疼，他仅有的理智被找了回来，他要去找父亲。

那些尸体，一定是父亲找人干的。

他一路狂奔，撞倒了好几个小厮。他们怕得跪在地上不敢起来，等他跑远才敢站起身来。

书房的门是闭着的，可是孟肆修知道，父亲在里面。

顾不上喘口气，也顾不得那些劳什子规矩，他双手一推，就把书房的门打开了。

里面没有人。

他喊了两声，便跑出来，拉着送大夫出门的刘克：“父亲呢？”

刘克瞧见他眼里就要涌出来的泪水，指着祠堂的方向。

不只是父亲一个人在祠堂，还有覃一沣，他跪在祠堂前，就跪在大伯的牌位前。

覃一沣手里燃着香，三炷，慰亡灵。

他脸色冷清，说：“大伯放心，曼新受此等侮辱，我为兄长，已经为她讨回公道。”

第八章
你尽管去做天下第一自私的人，
我会在你身边为你遮风挡雨
MEIHUABIAN
LUOMANLENANSHAN

1.

从警察厅里贴出来的消息，说三日前在街边发现的五个人，是被从河南逃窜来的土匪见财起意杀害的，杀人凶手已经抓着了，两日后就枪毙行刑。

报纸上这样登着，斗大的几个字占了快一半的版面。

晋诚将报纸对折起来，小心地放进钱柜里面，嘴里嘟囔着：“这年头，干啥都不能干土匪，忒背黑锅。”

又有消息说，九州商会的散铺们要重新洗牌，沾亲却拿不出交易额的商铺，通通得撤了。如此，便有五家商铺被清整了出去。

说是清整，却连铺子也被商会给收了回去，更巧的是，听说五家商铺的儿子都无故失踪，再也没人见过了。

晋秋打院子里进来，瞧了一眼支着手优哉游哉站在钱柜边上的晋诚。她手里抱着个酒坛子，抬手放在桌面上，掀开坛盖，香味四溢。

“这得多少年前的杏花酒了？真香啊！”晋诚闻着味走了过来，手伸进酒坛里，被晋秋一巴掌打了回来。

“没规矩，给斗老板送过去。”

“斗三两？”晋诚不可置信。

“这么好的东西给他干吗呀？这不是太便宜他了嘛。”晋诚不肯，抱着酒坛子不撒手。

“孟姑娘的药是人家斗老板给求回来的，咱得谢谢他不是？”晋秋难得讲理。

晋诚却不依了：“银票子你也贴出去求药了，这坛酒你也送了出去，说起来也是人家孟家的事，与我们何干？”

晋秋无话，只是叫晋诚快快把酒给斗三两送了去。

出门前还不大乐意的人，回来时就变了样子，笑得脸上红通通的，说着两句话便打了个嗝，带着酒香的。

半个月后，孟家递了张折子来，请晋老板到府上一聚。

晋秋手里掂着折子，想来想去，最后叹了口气，把折子扔在了一边。

晋诚瞧她这模样，好奇：“怎么了这是？你帮了他孟家这么大一忙，求来这么灵验的好药，谢你不是应该的吗？”

晋秋起身，瞧了一眼被他抓在手里的折子，摇摇头回了房间。

这下完了！晋诚一拍额头，心想。

该不会是半个月前没喝完的豆浆里被人下了药，害得他姐姐这几日话都少了许多？

到了折子上宴请的日子，是孟肆修来请的。

这些日子他向学堂请了假，留在家里陪着孟曼新说话解闷，有时候不放心，便在隔壁厢房睡下，一点点情绪也照顾着，倒是常忘记了给自己梳洗打扮。

今日这趟出门，他可花了好些时间，挑了套新做的西装，头发特意上了发蜡，胡须也被清理干净，在镜子前来来回回照了好几次才出门。

他许久不见晋秋了，心里其实很惦记她。

缺月坞的门开着，门上挂着串风铃，风一吹，便发出清脆的声响。

他在门外站了一小会儿，盯着风铃看，伸手去碰，里面却听见了这微微的声音。

晋诚瞧清来人，心里“咯噔”一下，面上却风平浪静：“孟少爷来了。”

孟玮修瞧屋里只有他一个人，问：“晋秋呢？”

来了便是客。晋诚认这个理，客气地上了杯茶，说：“在房间里歇息着呢，这会儿还早，也许睡了也许没睡，我去帮你瞧瞧？”

孟玮修拦下他：“不用，我就在这里等着她吧。”

“这……”晋诚脸上有难色。

孟玮修是个懂礼数的人，瞧他为难的样子，起身：“要是不方便，我去车里等着。”

这下换晋诚急了：“不是不是。”他解释着，“我是怕她睡久了让你等过了时间，我还是去替你看一看，至少有个明白话是不是？”

他一边说着，一边掀开了帘子。

连台阶也没下，就瞧见晋秋房间的门正开着，人坐在里面发呆，手里好像抓着什么东西，看了两眼，叹了声气。

他回身说：“没歇下呢，你坐一坐，待会儿我去叫她。”

车往孟家开，已经是傍晚时候了。

街上的小贩还在叫卖着，面铺拉起了灯索，铁皮车在这之间穿梭着，谁也看不见车里的女人面上的愁容。

“有什么心事吗？”孟肆修瞧晋秋脸色不好，关切着问。

上一次见面，还是在宋老爷子家里，那时候他俩就无话，算一算时间，也已经是近两个月前的事了。其实他曾经来找过她，可是每次脚刚落在缺月坞门口的台阶上，就不敢再往前了。

他知晓自己的怯懦，可每一次，他又能为自己找着一个理由辩解：也许，还不是时候。

那现在呢？跟她坐在同一辆车里，彼此之间隔着不过两拳的距离，他心想，也许，今天该把话说得明白一些。

晋秋摇摇头，余光瞥见孟肆修的手在两人的膝盖之间来来回回好几次。她不知道眼前的这一次是不是最后一次了，她并拢膝盖，往自己这一侧的车窗靠了靠。

终于鼓起勇气的孟肆修在无声之中被拒绝了，他顿了顿，自嘲

一声。

“谢谢你送来的药，那天宅子里上下乱了一通，连杯茶也没给你奉上。”想起那日孟曼新出血不止，大夫开的好几帖药通通无济于事，反倒是登门的晋秋送来了神药。

晋秋收回望向窗外的目光，却总归不落在孟肆修的身上：“怎么说我也是商会的人，帮了这样天大的忙，以后我若有求于商会，想必商会也不会推辞。”

她的言下之意，是全把这份心意当成了交易。

孟肆修知道晋秋不是如这凉薄言辞一般的人，放在膝盖的手攥了攥，最后松开，舒了一口气。

孟家这次做宴，是为答谢晋秋的救命之恩。

刘克说：“若不是晋老板送来这及时的神药，我家小姐也许……也许……”

不吉利的话蹿到嘴边又被咽了回去，刘克抬袖擦了擦泪，视晋秋如观世音菩萨，就差点香叩拜。

他引着晋秋去孟炳华的书房，推开门，覃一泮也在。

恍然间，晋秋起了错觉。

她好像看见一个人影蹲在角落里号啕大哭，哭到最后没了声，手指抠在灰色的墙面上，留下几道深深的印痕。她一定没有记错，在前不久的某个晚上，她曾真的见过这样的画面。

只是画面里的那个人，现在手捧着杯茶，熟视无睹地细细品着。

“晋老板。”孟炳华起身，微微欠身，双手抱在胸前。

长辈对晚辈如此，是大礼。

“晋秋受不得。”晋秋伸手去扶，没料到孟炳华身后的覃一沣同样如此。

她有些头疼，只好也欠身行礼。

最后三人僵持着，还是刘克进来添新茶时才叫三人落了座。

“曼新小姐的身子可有好转了？”晋秋突然想起那个夜里用衣服包裹着受伤的身体、被覃一沣抱在怀里的女人，嘶哑的喉咙只能发出一点点的声音，她那么痛苦，却不能将那愤恨哭喊出来。

孟炳华双手撑在桌面上，他整个人看起来萎靡了不少，眼圈青黑，下巴上长出不少细碎的胡须。为了这个心爱的侄女，他操心了不少。

“那天她跟我说，学堂的同学邀请她去参加晚上的舞会，不许府里的人跟着，还跟我闹了通脾气。”孟炳华回忆着。

其实以前这样的争执不少，不过每一次，都以孟曼新的撒娇成功告终。中间也偷偷叫人跟过去，可是都被她发现了，为此她也哭闹了几次。

这一次，他什么都依着她，却没想到，真的出了事。

“她身上的伤已经养得差不多了，只是伤疤还要留些时候，她日日见着，心里肯定不痛快。”说到这里，孟炳华忍不住深深叹息。

站在孟炳华一旁的刘克听到这里，更是忍不住抽噎。

“曼新小姐是我看着长大的，虽然性子急冲，可是个好姑娘。她从不把我们当下人看，我们也常受她的恩惠……”

断断续续的声音在房间里回荡着，孟炳华扭过头，想起这个他放在手心里如珠如宝对待的孩子变成了今天这副样子，他心里疼得就好像快要被人撕碎开来。

“父亲！”覃一泮一声惊呼。

孟炳华的右手扶着左边胸腔，心脏在剧烈地跳动着，他说不出话，只能大口喘着气。

“药。”覃一泮拉开孟炳华左手边的抽屉，里面放着白色的药瓶，他取出一粒药丸给孟炳华服下。

手忙脚乱之中，谁也没瞧见覃一泮的手里抓着一份文件，趁人不注意时，塞进了衣衫内衬里。

歇息了好一会儿，孟炳华才缓过劲儿来。他身子虚软地靠在椅背上，瞧着天花板，也顾不得房间里还有两个小辈，自嘲地笑着：“果然是老了，连这副身子都不听话了。”

“放着这些孩子，能叫他们怎么办？”

像是杞人忧天的一句话，可是他在心里又不得不问自己，要是自己真的撑不下去了，这三个孩子该怎么办？

“老爷，会过去的，孩子们会有自己的福分的。”刘克轻轻拍着他的背，帮着他顺气。

缓过劲儿的人费力撑着手让自己坐起来，刘克在一旁帮着使力。

“孟老板，一定要保重身体，商会还要您来主持大局。”整日听着晋诚回来说的那些客套话，晋秋也学会不少。以前她不爱去客套，现在却也不自觉地就说了。

她抿着嘴，眼神落在覃一沣身上。他立在书桌一旁，一只手背在身后，一只手垂在衣侧，也正瞧着她。

她眉头皱了皱，片刻又舒缓了过来。可是她不知道就这片刻的瞬间，也被他记在了心里。

怕再待下去会叨扰着孟炳华的身子，寒暄两句后覃一沣便领着

梅花便落满了南山

晋秋出了书房。

是领着的。

脚踏出房门的时候，他的手扯着她的衣袖。

“你拉着我做什么？”晋秋甩开他的手，站在原地不动。

院子里立着两个小厮，听见声音齐齐往这边看了过来，覃一泮瞥了他们一眼，人便退了下去。

“我跟人打听过，他们说那几日每日夜里都有个女人来孟家门口，是你对不对？”覃一泮想起那个晚上，后来遣人打听。

晋秋摸着刚被扯着的衣袖，承认：“是我。”

院门口路过几个下人，见九爷站在院子里，欠身后离开。

覃一泮瞧着她的手，语气放软：“入秋后夜里凉，你什么时候养成不爱穿鞋的习惯的？”

他低头，见她脚上穿着双黑色布鞋，没有花样，贴合今日的装扮。可忍不住还是觉得头疼，他往院门口走，又回身瞧她：“跟我来。”

黄土上长着细草，铺着青色的石板，一步一石板，晋秋跟在他身后。

进了西苑，他径直往屋里走，听着身后没了动静，驻足，说：“眼瞧着天黑了些，应该是要落场雨了。”

天被乌云压了一片，空中悬着几只鸟在低飞。她瞧了一眼，望着台阶上的人推门。

就这眨眼的工夫，雨滴就落了下来，打在她的睫毛上，沉重的感觉包裹着她。

覃一沣喊她：“进来吧。”

屋子里陈设少，覃一沣将书桌上的宣纸拢成一沓，空出小块地方。她蹲下身，像在翻找着什么，又跟她说：“你来这里坐。”

她进门的时候脚上沾了雨水，现在往里走一步，就落下一个浅浅的脚印。她觉得有些不自在，两步并作一步往他靠近，坐下，瞧着他站起来，手里拿着个皮箱。

皮箱不大，他打开来，里面装着三双新鞋，一双皮的，鞋尖的地方镶着颗珍珠；两双布的，一黑一白，两侧绣着一簇小朵梅花。

他把皮箱推给她：“试一试，要是不合脚，明日我去换。”

她拿起那双皮鞋，放在脚边比了大小，又放了回去。

“不喜欢？”覃一沣见她没了动静，颔首问着。

双手放在膝盖上，她坐得规矩，瞧不见往日里的放肆，她低声说：“我穿不上。”

西式的皮鞋，她平日里连洋装都不见一件，配这样的鞋，奇怪了些。

覃一洋明了她的意思：“这双就先放着。”皮鞋被他拿了出来，小心收进抽屉里，两双布鞋仍摆在两人中间。

窗外雨大了些，噼啪落在房檐上，结成珠掉落在地上绽开小朵的水花。

淅淅沥沥的声音让人听起来觉得周身潮湿，起了丝寒意。

从左侧的抽屉掏出火柴盒，点亮桌面上的油灯，借着微弱的光亮，覃一洋发现晋秋的面色有些憔悴，嘴唇泛了白。

“我去叫人把火炉子送来。”他往屋外走，见苑外没人，往屋里瞧了一眼，从屋角拿了把伞又低头继续往外走。

房间里就剩下了晋秋，见覃一洋迟迟没回来，她伸手拿过桌那边垒着的书，翻了两页觉得无趣，犯懒支着手在桌边小憩。

门外有轻轻的脚步声，她以为是覃一洋回来了，困意席卷着她，没去理会。

叩门的声音响起，随后是一声发问：“覃一洋，你在不在？”

是孟聿修的声音。

屋里没人回应，他也不着急，就在门外站着，直到瞧见一个清瘦的身影出现在苑门口，懒散的身子才挺直了起来。

穿着件单薄长衫的男人腋下夹着伞，手里捧着个小火炉，里面烧着炭，炉壁已经发烫，用袖口包着。

刚下过雨，脚落下就绽水花，一步一步很小心。

孟玮修走下台阶，从覃一沣手里接过火炉："这种小事叫刘放做就好了。"

覃一沣望着渐浓的夜色，比房檐高出一截的树枝被风吹得微微晃动。黑夜里，他心里突然一暖，说："小事而已，自己也能做。"

他把伞依然放在屋角，很快伞尖就洇出水来，他又往里拢了拢，怕打湿孟玮修的鞋底。

孟玮修跟他肩碰着肩，在他弯腰的时候伸出一只手推门。

火炉子重，孟玮修使不上力，门还是覃一沣推开的。

火炉子被他放在桌上，见左边的小书房里亮着灯，又抱起来往那边走。

"听刘叔说父亲身子不舒服，我去看过，没什么大碍。只是说晚上不同我们一起用饭，你要跟我一起吗？"

他来就是为了问这个。

覃一沣还没进屋，右脚还在屋外，听孟玮修这么问，沉默了一

会儿，答他：“好。”

拂过门帘，光亮愈加明显，桌边靠着个影子，背对着他，可是也叫他发了愣。

“你屋里有人，我这会儿来是不是打扰了？”孟玮修回头，问拿毛巾擦衣袖的覃一泮。

覃一泮闻声抬头，瞧见那个影子没有动静，光影里的身子微微晃动。

他走过来，轻手轻脚地给睡着的晋秋披上一件外套，他低声说：“去那边吧。”

孟玮修学他的样子，动作变得又轻又缓，经过正厅，走到屏风后面，通过一扇门，走进去是间小小的房间，中间立着张桌子、两张木凳。

倒扣的茶杯被立起，覃一泮倒了两杯茶水，说：“去看过曼新了吗？”

“看过，今日她瞧着精神不错，同她说了些话，怕扰着她，就过来你这儿了。”

像是兄弟间的叙话，两人又聊了一会儿，瞧着夜色已经黑透，才起身往外走。

晋秋已经醒了，坐在正厅里发呆，脚边放着火炉子暖身子。见孟玮修跟着覃一沣从里屋里出来，还没来得及作反应，就先听见孟玮修说：“饿了吗？我去叫人备饭。”

她的手不自觉地摸着肚子，是有些饿。

孟玮修推开门，一阵风灌了进来，她哆嗦了一下，人算是清醒了，眼神落在火炉子上。

覃一沣在她身旁弯腰，抱起火炉子，跟在孟玮修身后，叫她：“走吧。”

2.

下人来说，孟炳华已经歇下了，曼新小姐胃口不好，只食了碗清粥，在房间里坐着，叫人不要再去了。

覃一沣帮着理碗筷，没有一点少爷的架子，又盛了碗汤给她和孟玮修。他微微笑着：“先吃饭吧，歇息会儿送你回去。”

孟玮修说：“我送你回去。”然后抬头气碰上覃一沣的目光，低下头不再说话。

三个人，一顿饭用得如此漫长。

覃一沣说：“本来今日是想好好谢谢你，没想到饭却吃得冷

清了。”

像是在感慨，他懒散地坐着，手摸着桌面上，什么也摸不着，又缩到桌下。

晋秋放下碗筷，碗里还剩着半碗饭。她没什么胃口，抓着一旁的茶杯抿了两口，开口说：“平日里也就我跟晋诚两个人吃饭，今日没了他，也有你们两个，不算冷清。”

说完，她才发觉自己话说得笨，抬眼去看覃一泮，见他笑着，目光落在她跟孟玮修之间。

“若是不觉着麻烦，你跟晋诚每日来这里用饭好了。”他提议。

孟玮修也说：“每日放学后我去接你们。”

以为唐突的话，没想到晋秋没拒绝，她说：“晋诚该高兴了，他可喜欢吃你家厨子做的饭菜了。”

孟玮修一愣，那个相认的夜晚，她也是这般说的，只是那以后，她却没再来过。

“那就说好了。”覃一泮确定着。

孟玮修也瞧她。

晋秋点头：“说好了。”

送晋秋回了缺月坞，孟玮修又去了西苑。

到苑口的时候才见这里没有光，他在门外停了好一会儿，心里的烦闷压得他连着叹了好几声气。

门开，覃一泮披着件衫子站在屋里，摸黑瞧着身影，心里领会，唤孟玮修进屋。

身上染着丝寒气，孟玮修站在门口跺脚，将鞋底的泥土抖落才进屋。

覃一泮点上灯，坐在书桌前，拉开抽屉，里面空着。皮箱在晋秋走时交给了她，那时她无话，伸手接过，不同的是，车开的时候她朝他挥了挥手。

想到这里，他淡淡地笑。

“有什么开心的事吗？”孟玮修在覃一泮对面坐下。

关上抽屉，覃一泮跷腿坐在太师椅里，他仰头，先瞧着的就是挂在墙壁上的那盏电灯，里面的灯丝生出光，将整个屋子照得通亮。

他反问：“在学堂里待得习惯吗？”

“开始的时候倒不习惯，时间长了，便好些了。”孟玮修顺口答着。

“当年你走后，父亲不舍得，可是又想，总该让你出去闯闯，

去见见外面世界的样子，心里也就开阔些。”

那时候他每日跟在孟炳华身边，闲时聊得最多的，就是孟肆修在外的生活。担心儿子的孟炳华托了不少人照料着孟肆修的生活，听闻他在外的一点一点变化，也就慢慢放心了。

“外面的世界跟这里，不一样。”孟肆修回忆着在国外的生活。

当年他坐上越洋的轮船，忐忑不安的心情在踏上一片新的土地后片刻烟消云散。那里的世界是自由的，是高谈论阔的，不像他的国家，每一日都被黑云压着，让人喘不过气来。

内忧外患。是他在大海的那一边，望向他的国家时，脑海里唯一浮现的四个字。

“那时候在宋老爷子家，你的学生曾问过我，是不是会支持你在这片土地上做的一切？我说会，没有条件。”覃一洋坐直身子，视线与他交错。

“这句话，是我对你的承诺，若我活着，它就不变。”

放在膝上的双手一颤，孟肆修不可置信地抬头，瞧见的是覃一洋无比坚定的眼神。他双眼湿润，清晰地感觉到来自覃一洋身上的与天宽阔的信念。

他听见自己的回应：“谢谢。”

那一夜，孟玮修在覃一泮的房间里待到深夜。他们聊了许多，关于孟宅，关于屠神寨，关于祖国的未来……

那时候，孟玮修才惊觉，他心里同覃一泮暗暗较劲了许多年，于覃一泮来说，不过些缕云烟。更甚的是，他一直被覃一泮放在心里。

他想，他们是兄弟吗？不是，甚至他这些年一直觉着，于他而言，覃一泮存在于孟家，便是在提醒着，有个人曾经见证过他当初如何深陷在黑暗里与泥同淤。他孟玮修，如此出身，也曾陷于淤泥里，想来就觉得可笑。

可是这一夜，他才知晓，覃一泮一直在仔细保护着他。

出门前，他问坐在太师椅里的人："曼新同你，是不是……"

"父亲同你说了？"覃一泮掩着额。

说了。傍晚覃一泮去瞧孟炳华时，孟炳华正在同刘克交代婚礼的细碎事，他在一旁听着，才知晓了是为覃一泮和孟曼新准备着。

孟玮修没有说话。他心里觉得不妥，可是那时候在孟炳华房间里不敢说，在这里，又不知该怎么跟覃一泮说。

"我说我会照顾她。"覃一泮缓缓开口。

孟玮修急了："以夫妻之名？"

"父亲是这样想的。"覃一泮站起身，拉了拉滑落的衫子，走

到窗边，打开些缝隙。

“你明明知道曼新喜欢你，你这么做会害了你们两个人。”他顿了顿，“你不喜欢她，你的心不在她那里。”

风吹进来，将桌面上的宣纸吹乱。

覃一泮低垂着眼，似是无奈，却又坚定地说：“我会想办法。”

一直到冬天的雪飘飘洒洒落了下来，孟曼新才肯出门。

学堂许久没去了，落了不少的课业，宋采芸和顾罗安来瞧过她几次，常常讲起学堂里的事。只是聊不到两三句，她便借口身子乏了送客。

孟肆修给她送了不少书来，说是给她解解闷，只是她说瞧着头疼，拢着一摞放在角落里积了灰。

那段日子孟炳华身子欠安，在屋里养了好些日子。瞧着窗外飘落的雪花，某一日，他想起什么，唤了刘克来，说了两句话，穿戴整齐后，把覃一泮叫了来。

养病的日子里，生意全是覃一泮照料着，他自然安心，从来不多问。有些时候覃一泮来见，他大多都睡着，听刘克说每次九爷都在房间里坐了好一会儿才离开。

“这孩子有心、孝顺，就是可惜他娘没赶上享福的时候。”孟炳华支着身子坐在床头，刚服了药，嘴里苦涩。

刘克宽慰他：“兰姨太若是地下有知，也欣慰。”

门外响起脚步声，孟炳华挥手，示意刘克不要再提，又遣他去开门，自己从床边捞了件外套披上。

肩上有雪，覃一洋在门边抖落掉才跨脚进来，欠身：“父亲。”

床边放着张小凳，孟炳华招手唤他过来坐。

“宋老爷子那边去过了吗？”他嘴唇没有血色，人看着苍老了不少。

覃一洋答他：“去过了，宋老爷子也乐意。”

孟炳华点头，刘克送来药，覃一洋伺候着他喝下。

一碗苦汤下了肚，孟炳华倒是恢复了些精神，又说：“曼新呢？我这些日子也没能去瞧她，她的胃口可好些了？还是得常出去走走，闷在家里容易闷出病来。”

“肆修常去瞧她，身子养得是不错，就是不爱说话，总是一个人发呆。”他白天在商会里留得晚，等回来想去瞧她时，丫鬟说人已经歇息下了，倒是孟肆修跟她碰面多些。

孟炳华听着担忧，想起身去瞧瞧，被刘克劝了下来。

“外面风雪大，您身子还在调理着，这出去了要是再染了寒，又得吃几天药。”

覃一泮也劝，最后人被按在床上，没法动弹。

“父亲，我待会儿就去瞧曼新。”覃一泮再下一剂贴心丸。

孟炳华这才老老实实地躺回床上。

覃一泮手里拿着水果刀，仔细地削去苹果皮，然后分成好几份，把其中一份递给孟炳华。刚刚折腾了一回，这下却没了什么力气，连苹果也咬不了，孟炳华摇摇头递回去。再过一会儿，一份苹果又被分成了指节大小的小块，装在盘子里递给他。

覃一泮低着头还在继续切苹果块，没注意孟炳华落在他身上的目光，那是带着疼惜和懊悔的目光。

他听见孟炳华在问：“日子定在新年的初六，你觉得好不好？”

手里的刀顿住，落在瓷盘上发出清脆的响声。

后来覃一泮回忆着，也忘记了自己当时是如何回应的，只记得走出房间扣上门时，听见了孟炳华沉重的叹息声。

从孟炳华的房间出来后，他去瞧过孟曼新，坐在厢房正厅里的姑娘手里卷着本书发呆，是一旁的丫鬟在耳边提醒，她才回过神来。

她的气色瞧着不错，话也说得明白通顺，可是总觉得，哪里有些不一样。

“晚上我跟肆修陪你一起吃饭好不好？这些日子你闷在房间里，父亲和两个哥哥都很担心你。”覃一泮吩咐下人备了些水果来，专挑她喜欢的。

孟曼新从丫鬟那里知道孟炳华身子不好，也遣人去问过几句，得了回复说已经养得不错，便没去叨扰了。

她说：“我这副样子，不敢去见小叔。可有时候晚上想起，又觉得自己做得不对，掉了几次泪，想着隔天得去看看，又怕他到时见了我这样子更担心。”她声音渐渐变得哽咽，到后来哭腔就更明显。

覃一泮叫一旁的丫鬟去瞧厨房里的桂花糕可好了，趁热给曼新小姐端上来。

等人走开，他才劝：“父亲从未说过你，你也不必如此挂记。我们都知晓，你们两人心里互相牵挂着。你若还不想去见他，那就不去。等你愿意了，跟哥哥说一声，哥哥同你一起去。”

脸上沾了泪，孟曼新找丝帕去擦，没找着，也顾不得什么体面了，伸手便往脸上去，半路却被覃一泮给截住。

他从长衫里掏出丝帕，灰色面料裁出的小帕，一直贴身放着，递给她。

“哥哥，我是不是太自私了？”孟曼新仰着头瞧他，好一会儿才问。

他摸着她的头发，笑着：“我们曼新尽管去做天下第一自私的人，要什么便去拿，喜欢什么就去争，我们会在你身边为你遮风挡雨，保驾护航。”

从学堂出来后，孟玮修叫小厮开车去了缺月坞。

夹在西装外套上的怀表指针刚指到六点，天已经见黑了。路上有一层浅浅的积雪，车不太好走。

车拐进西关街，远远地瞧见晋诚站在缺月坞门口，收了招牌，人正往里走。隔壁的斗三两跑出来，拉着他说了两句话，然后悻悻而归。晋诚也摇着头，样子比刚刚萎靡了些。

车停下，刚巧是积雪最深的地方，一脚落地，他发觉雪水浸进了鞋里，脚背凉凉的。

小厮在车门边瞧着这一幕，关切着说：“少爷，我去请吧。”

孟玮修摆了摆手，脚踩上台阶，皮鞋上还染着雪粒子。

门掩了一半，他叩了两声才往里走。晋诚就站在钱柜边上算今日的账目，见他进来，合上账本，斟了杯茶，递给他：“秋姐儿还在房间里呢，我去叫她？”

孟璟修悠悠坐下，手里托着茶杯，答了声好，在晋诚转身的工夫才瞧见他衣服后背靠腋下的地方破了一块。

他又问：“衣服怎么破了？”

晋诚听声，抬起胳膊看，脸色变换了一瞬，才答：“也不是什么大事儿，就是刚刚有人来找麻烦。你瞧那门也破了一块，明天还得找人来修。”他指着没掩上的那边门，挨着门槛的地方豁了一个大洞。

他进来时没瞧见，这会儿看着就明显了。

孟璟修站起身：“人有事没有？什么路子来的？不知道这是九州下的铺子？”

晋诚掀开门帘的手又放下，也想诉诉苦，走回来，答他：“也不知是什么路子的，四个壮汉，来了话也没说，往门前一站就撒泼，样子凶得很，我也不敢惹。”

孟璟修想了一遭，也没能在天津城里找出这般蛮横的人。

他问：“租界那边的人？”

“瞧着不像，这条街上也没见过。”晋诚挠着脑袋想了想，确定着，“真没见过。”

孟珒修想起还在房间里的人，问他：“晋秋呢？跟他们起冲突了？”

“没呢。”晋诚缓了口气，“那会儿她正睡着呢，要是醒了，再吵两句，这店子怕就给砸没了。”

孟珒修松了口气，望着门上那豁洞想了一阵，交代着：“那就不同她说了。我叫人打听打听，能了就悄悄了了。”

正中晋诚心怀。

他对晋秋太了解，这事儿要是叫她晓得了，这条街怕也不安宁了。刚才斗三两来问，他也特意托了个底，别叫晋秋晓得。

车子开回孟宅，晋家两姐弟往这儿跑了两个月，下人都认识了，欠身打了招呼，便各自忙着。

孟珒修借口回房换件衣裳，同晋诚使了个眼色，便往西苑去了。

晋秋下午睡得深，这会儿人还昏沉，挑了张椅子坐下，支着手继续瞌睡着。晋诚瞧她这样子也没去打扰，自己去后花园逛着。

临近新年，下人忙着将宅子清扫，西苑苑口站着两个丫鬟，一桶热水被泼在地上，积雪便融化了不少，氤氲的热气腾腾冒着。

见路的那头来了个人，两人提着桶往旁边站着。

“九爷在屋里？”

长着圆脸的丫鬟答孟玮修：“刚回。”

一脚跨进苑里，他才瞧清最里面的房间里亮着灯，灯光微弱，从窗户玻璃折出来。

敲门，覃一沣穿得单薄。已经晚冬，雪也下着，这个天气容易着凉。

孟玮修蹙眉，瞧屋里没一件外套，他低声说：“怎么不多穿点儿？这个天气伤人，也想成病号子？”

话说得很严厉。

覃一沣点亮桌面上的小灯，微微一怔，笑着说：“屋里暖和。”

孟玮修打眼瞧着，书房的窗户开着：“风都灌进来了，还暖和。”

覃一沣坐下，额间的头发湿着，刚洗漱了番，问他：“人接回来了？”

“接回来了。”他又想着晋诚的话，“下午有人去闹事了。”

“哦？”手里的笔停下，覃一沣抬头，等着孟玮修往下说。

孟玮修把晋诚的原话重复一遍，自己的思索也想了出来，最后发问：“谁会有这么大的胆子？”

覃一沣闭眼想着，脑子里的一根弦牵制着神经，最后噼啪作响，

理顺了。

“明日我叫人去查查。”

他的语气轻松了些，惹得孟肆修不满：“若明日还有人去闹事呢？”

覃一沣抬眼，见他性急：“我这就叫人。”

刘放站在门外台阶上，听完覃一沣的吩咐，转身要走，又被叫住。

他瞧见孟肆修，称呼一声：“少爷。”

孟肆修从屋里出来，这会儿又飘起了雪，很小，刘放的发丝里藏了几粒。他把门边立的竹伞递给刘放，靠近说：“不要叫晋老板知晓。”

刘放抬眼，见覃一沣眼里肯定着，应了一声便转身。

苑口的积雪被扫干净，积着一摊浅水，他跨过去，又回身，见两人望着空中的雪粒子，这才离开。

第九章：他站在原地没动，像在等着她

梅花便落满了南山

1.

饭用了一半，孟曼新出奇地现了身，挨着孟肆修坐着。

覃一泮往她碗里夹肉，说：“晋老板这些日子常来，都是女儿家，说说话，免得心里闷。”

闷头吃饭的晋秋听声抬头，见覃一泮没瞧她，拿着筷子在碗里翻了两下便放下了。

她跟孟曼新对着，眼神怎么着都能落在孟曼新身上，瞧着消瘦了不少，不知道是不是天冷的原因，面色苍白。

她隐隐觉得可怜，顺着说：“平日里我无事，你要是缺个说话的伴儿，我便来。”

孟曼新微微点头。

覃一沣跟孟玮修轮流往孟曼新碗里夹菜，不一会儿就堆成了小山。她吃得很少，孟玮修叫人盛了碗清粥来，算是见了底。

晋诚瞧孟曼新被这两人伺候着，心里有些不乐意，瞅着面前的菜全往晋秋碗里添。

他桌下的大腿挨了掐，晋秋凑过来：“你要撑死我？”

晋诚觉得她不识趣：“不是看你中午没用饭吗？这会儿不多吃点儿，晚上还得给你做宵夜。”

声音倒不大，只是屋里就这几个人，全给听见了。

覃一沣唤来下人，吩咐再做几个菜。

“不用了，这些吃着就够。”晋秋叫住下人。

“那就拿饭盒装着，留着宵夜吃。”覃一沣坚持着。

拗不过，晋秋老实地吃饭，吃一筷子，往晋诚碗里送一筷子，嘴里念叨着：“我晚上还有呢，得留些肚子。”

孟玮修闷头吃饭，谁的话也没接，就是觉得手有些抖，抬起头时余光自然瞥到覃一沣。孟玮修就看了这一眼，还被覃一沣抓住了，回看着他。

他咳嗽一声，听着像呛着了，一碗汤被推到面前，耳边响起覃一沣的声音："慢点儿吃。"

这下他的脸也红了，埋着头不敢抬，心里却把覃一沣狠狠骂了一通。

往日里用过晚饭后晋秋便离开，也许是今日见着了孟曼新，想着不急着走，便留着说说话。

经历过了如此大事，孟曼新性子变了不少，以前特骄傲的一人，现在说起话来常常是庸人自扰的语气，说不了两句，眼里便开始泛光，也知道羞耻，最后都给憋了回去。

晋诚闲着无聊，听女儿家说话没什么兴致，自己跑后花园去了，说景致好，瞧不腻。

厅里孟曼新挨着孟肆修坐着，晋秋在对面，桌上有糕点，她嘴里闲不住，捏了一块慢慢咬着。

聊的是学堂里的事，晋秋插不进去话，就安静听着。门外突然传来声响，是覃一沣带着下人抱了个大一些的暖炉进来，下人往里添了几枚炭便退下。

覃一沣在晋秋身旁坐着。

一块糕点吃完，她手里空空的，伸手又去抓，没抓着。

覃一洋把碟子往她这边推，两人手指碰着，晋秋缩回手，没去看，连糕点也不拿了。

他们不再聊学堂里的事，话题换成了新年该置办的年货。往年这些东西都是覃一洋办的，孟曼新给他做下手。说是如此，其实她也只是跟着去瞧了一眼，什么忙也帮不上。

即便如此，让覃一洋一个人去，孟曼新说什么也不答应。

孟珒修平时在学堂里忙，抽不出空，趁此机会说："那今年你也跟着去？"

其实是想让孟曼新透透气。

可是听着声的人浑身就犯了抖，心里逃不过这魔障，挣扎了几番，最后抿嘴摇了摇头，眼睛见了红。

覃一洋瞧着一直没搭话的晋秋，提议着："晋老板愿意同我一道？"

晋秋一惊："我？不去不去。"

"缺月坞里就你跟晋诚，也冷清，新年便在孟家过，人多热闹些。"

孟珒修想着不错，也附和："对的，人多热闹。"

孟曼新似得了根稻草，也跟着瞧晋秋，眼里水汪汪的，叫人不好意思拒绝。

“那什么日子去？”晋秋心里算着，今日是腊月二十三，离新年没几天了。

覃一泮敲定：“明日吧。”

腊月二十四，迎春日，是个置办新货的好日子。

刘放是在深夜里披雪进的西苑，竹伞还立在屋外门边，他叩了两下门，自己进去的。

屋里没点灯，他在夜色里等着，不多时屏风里侧亮了光，覃一泮走了出来。

“是走暗线的人？”他先问。

刘放微怔，才明白覃一泮早就知晓了，傍晚时候唤他来不过是让孟玮修安心。

“是。”

“刘叔那边你去过了？”压低的声音在房间沉闷响起。

刘放低头：“没有。”

背后的光亮让人看不清他眼里的凛冽：“便不用去了。”

轻轻五个字，让寒冬的房间又裹上一层寒意。

刘放从衣袖里掏出小本，递给覃一洋："上面是牵连其中的商铺。"

覃一洋翻开，足足五页，除了孟家名下的商铺，还有其他七家名下的百家商铺。

"这些年，父亲做了不少事啊。"

刘放不放心："九爷，这些事……"他斟酌着，"这些事要是让官家知道了，孟家怕是毁了。"

揉着太阳穴，覃一洋将小本扔在桌上，头越来越疼，不晓得是不是风灌进来染了寒。

他拉开抽屉，将小本放了进去，挂上锁："我自会处理。"

"可……"刘放犹豫着，"老爷身子越发不好，要是暗线里的人蠢蠢欲动，不用几日，这些事便会捅去租界里。到时候租界出面，官家就知晓了。"

"船商那边可有动静？"

"再过两日，船就进港。"

"船上的东西安全吗？"

刘放摇头："老爷这几日昏沉，顾不上，没人去探查。"

“截下。”覃一洋冷眼道。

“九爷！”

覃一洋制止他：“老爷那边不用去说，这事我来做主。”

刘放走后，他拉开书房里的灯，影子映在窗上。他瞧不清自己脸上的神情，关窗的时候有雪飘进来，细细小小的一粒，瞬间化成水。

他伸手捻过那滴水珠，心底暗潮翻涌。

第二日天气好，早上的时候太阳在天边露脸，昨夜雪小，用过早饭后地面已经干了。

覃一洋是徒步来的，披着绒毛大衣，推开缺月坞的门，刻意往门上瞧了一眼，豁洞已经修补好。

晋诚正在整理柜面上的古董，拿抹布擦了擦，搭在左肩上，喊了一声：“洋哥儿。”

覃一洋点头，脚跨进来才看见晋秋坐在钱柜里，手里翻着书，书页泛黄，字体不清晰，看得却津津有味。

听声抬眼，她跟着站起来：“现在走吗？”

“都好。”他站在原地没动，像在等着她。

领会了意思，她将书合上放进柜子里，抓了把瓜子揣进兜里，手里攥了几颗，靠近他，问：“吃吗？”

摊开的手心瞧着柔软，里面躺着几颗饱满的黑瓜子。

“吃。”他伸手。

晋秋却合上掌心，从空隙里漏下几颗给他。

“兜里还有，要吃就说。”她先走出去，又回头跟晋诚说，“店看好了。”

晋诚应了一声，自己偷偷塞了两把瓜子给覃一泮：“她小气，你别怪她哈。”

样子“欠兮兮”的。

西关街上都是商铺，这会儿都准备着开门，瞧着天气变好，懒散着慢慢收拾。

路上行人少，两个人并肩走着特别打眼。

“去观音巷？那里办年货的铺子多，价格也公道。”晋秋提议着，从西关街过去，穿过两条街再拐进去就到了。

覃一泮没意见，问她：“你都在那儿办的？”

晋秋点头，前年刚来天津，什么也不懂，是鸢月来了信，告诉她怎么去，哪家店铺实在，她跟晋诚两人去的，是个好地方。

“两个人还是冷清了些。”

晋秋偏头:“今年就热闹了。”他邀请了她跟晋诚在孟家过新年。

“心里乐意吗?”跟迎面来的人碰撞了一下,覃一洋侧身让人先过。

晋秋反问他:“有什么不乐意的?”

覃一洋抿着嘴,见她还在嗑瓜子,从她手里顺了两颗,扔进嘴里,不说话。

到了观音巷,晋秋径直往檐上挂着灯笼的那间店铺走,檀木的招牌上题着大红的字,名字显俗。覃一洋在招牌下站着,没动。

“不进去吗?”晋秋站在高他两级的台阶上,见他盯着招牌,问,“不喜欢这家?”

覃一洋摇头,跟上。

店里的小哥儿还认得晋秋,去年是他往缺月坞送的年货,招呼着:“晋老板,进年货来了?”

晋秋点头。

小哥儿瞧她身后还跟着个人,不像缺月坞里的晋小哥,热情地问:“你朋友啊?”

她应了一声,又说:“今年置的东西多些。”她指着覃一洋,“你跟他谈。”

小哥儿眼明心快，在覃一沣跟前站着，一一介绍着店里的好货。

其实都是些家常的东西，不过这两年生意做得好了些，也知晓有些人家讲究，货的价格稍提了些，也不过分，乐意的人便买，不乐意的，也有常价的。

晋秋自个儿在一边坐着。

覃一沣跟着小哥儿在店里转悠了一圈，小哥儿晓得面前这人是富贵人家，货都是介绍上好的，最后问：“老板有满意的？”

“去年置的都有哪些？”覃一沣问。

小哥儿瞬间心里通透，明白他问的是晋秋去年置办的货，翻出缺月坞的单子给他瞧。

覃一沣淡淡地扫了一眼，跟小哥儿说：“就照着这个来，备十份。”

小哥儿听了数，乐得嘴也合不上，高高兴兴地应他：“成嘞！”

十份东西不少，小哥儿一人置办不过来，把店铺老板也叫了来，路上跟老板透底说客人是个富贵人。

店老板姓顾，四十来岁，戴着顶宽帽走进来，扫了一眼瞧见坐在太师椅里的覃一沣，恭敬上前：“九爷。”

覃一沣抬眼，应了一声，说：“忙吧，不用顾着我。”

顾老板不敢怠慢，上了好茶，又从巷口买了些糕点回来上着，拉着小哥儿便去了仓库。

“这也是商会下的？”晋秋好奇。

覃一沣朝她伸手，手里得了瓜子，慢慢剥着：“不算，散铺。”

跟缺月坞一样啊。晋秋想。

“也不一样。”明了她的心思一般，覃一沣说，“顾老板家跟商会没签协议，只是同别家散铺来往得多，投了钱，拿了小股。”

晋秋把店铺仔仔细细打量一番，没想到一家小小年货店也有如此家底。

“肆修那个学生，顾罗安，”他又说着，“便是这家公子。”

晋秋记得，当时他在宋家时的愤慨模样还历历在目。

清点好数量，顾老板请覃一沣去瞧。晋秋犯懒没动，在铺里坐着。

一盏茶的工夫，覃一沣便回来，顾老板跟在身后：“下午便送过去。”

覃一沣点头，跟晋秋走了出来。

这会儿巷子里人便多了，都是来置办年货的，人挤着人，一条小巷里路难走了些。

很快两人被人流冲散，覃一泮瞧着人不见了，挤出人群在一家铺子前的台阶上站着，这里醒目，该是能瞧见。

晋秋找了来，覃一泮在人群中本就扎眼，还特意寻了个高地，想不瞧见也难。

“人太多了，新年的氛围这会儿才感受到。”不像是抱怨，她嘴角上扬，高兴的样子。

“是。”他这样回她。

这下叫晋秋不知道该说什么了，人头依然攒动着，上午正是采货的时候，人不见少反而更多。

“走吗？还是等一会儿？”她又问，将手里的几颗瓜子来回掂着。

覃一泮将她手里的瓜子抓在自己手里，另一只手伸向她：“走。”

晋秋犹豫着。她知道他的意思，不过是怕再走散了，从巷子出去还有好一段路。

她的手突然被攥着。

身旁的人说：“走吧。”

掌心是滚烫的，晋秋埋着头，目光追着他的脚步。

2.

年三十一早，孟肆修便去缺月坞接晋诚姐弟。

回来的时候，刘克来说，学堂里的不少学生送来东西，叫他去瞧一瞧。

孟肆修让刘克带两人去正厅里休息，然后便回了房间。

下人们忙前忙后，刘克的婆子从乡下来，会管事，这里帮衬完又去了厨房。她嗓门大，说起话来亲热，不少丫鬟跟在她身后，手里忙着活嘴里说着话，宅子里一下子热闹了起来。

孟炳华坐在正厅里同孟曼新说着话，见晋秋来了，招呼她坐下，和她聊会儿生意上的事宜，又适时结束话题聊着家常。

覃一沣来的时候怀里搂着一沓红纸，刚刚他在院子里帮忙，这会儿脸上蓄着不少汗，瞧着有些狼狈。孟曼新将攥在手里的丝帕递给他，他擦了擦，又忙活起来。

“每年的春联都是他写的。”孟炳华侧身同晋秋说话，膝上盖着毛毯，暖和不少。

晋秋生了好奇，不知晓覃一沣还会写联，起身去瞧。

红纸裁出大小，平整地铺在桌面上，他比画了大小，又拿出砚台。

晋秋在他旁边，问：“要我帮忙吗？”

覃一沣立刻反应，答她：“好。”

她研墨，他写字。

他的字写得很好，是行书，遒劲自然，行云流水，片刻就写好两张。

玉兔辞年送吉利，金龙贺岁保平安。

笔停，他的目光落在“平安”两个字上，看了许久，才说：“贴起来吧。”

这是1927年的最后一日。

中午吃得简单，几人坐在院子里歇息着。厨房里还生着火，准备晚饭，那才是今日的重头活儿。

孟炳华同刘克说着话，任由小辈们玩乐。

覃一沣在糊风筝，孟瑋修在一旁打下手，裁纸调糊，分神去问孟曼新：“喜欢什么样式的？”

“都可以做吗？”孟曼新惊喜。

“当然，想好了吗？”孟瑋修从覃一沣手里接过毛笔。

孟曼新想了会儿，说：“燕子，燕子可以吗？”她手里比画着。

孟瑋修领会，下笔画着轮廓。

晋诚忍不住好奇去瞧，画得栩栩如生，惊叹着：“真好看。”又叫晋秋，“你要来看吗？”

晋秋跷腿吃着杏花糕，手上沾着不少细屑，拍拍手，走过来瞧。

她挨着晋诚站着，另一边是离得不远的覃一沣，听见他问：“想要一个吗？”

她其实没什么兴趣。

孟曼新说：“若明日天好，可以一起去法国花园放。”

晋诚觉得不错，唆使晋秋：“就去吧，叫沣哥儿做一个，一起去。”

拗不过晋诚，她说：“做一个吧。”

中间宋家来了人，孟炳华请人去了书房，交谈了好一会儿。等送走时，院子里的人已经做好了两只风筝。孟曼新左右瞧着，很喜欢，又问孟炳华：“好看吗？”

孟炳华故意笑她：“差了一点儿。”

孟曼新噘着嘴，有些生气：“沣哥哥做的！”

孟曈修咳嗽一声，她又说：“哥哥也帮了忙。”

孟炳华还在笑，顺她的意思：“好看，好看。”

晚上大家围坐在一起，火炉在一边生着，火光把房间映照得更加明亮。

孟炳华先举杯，小辈们随后，大家互相说着新年祝词，到后来，孟炳华给每人散了红包。

晋诚捏着红包，心想真厚啊，胳膊肘捅了捅晋秋，下巴点着，在问“你有多少”。

红包被晋秋放在碗筷边上，没去瞧。

晋诚收了目光，老实吃饭。

等饭桌上清扫干净，刘克去下人院里散红包。丫鬟小厮们在后院里，紧紧围着坐了两桌正吃着。刘放和他的婆子也在，他手里提着竹篮，一一散了去，说：“这一年也辛苦大家了。”

碗筷也没放下，众人齐齐开口：“不辛苦。”

红包散完，他又说：“老爷从鸿粤楼叫了几个菜，你们慢慢吃，待会儿还有呢。”

桌上一阵小轰动。

刘克转身要走，被他婆子眼疾手快地拉着：“你不留下吃点儿啊？老爷跟几个小辈说话呢，也没你的事，先把肚子填饱。”

他往前院正厅那边瞧，能瞧见灯光，心里总觉得不对，摆手

算了。

身后的婆子在絮絮叨叨说个没完，他没听清，步伐却快了不少，心里忐忑着，怕不是出事了。

他闷头走进正厅里，瞧没人说话，心想果然。

他瞧孟曼新咬着唇，眼里有泪水在打转；孟肆修朝着门口坐着，像在赌气，谁也没瞧；覃一洋倒风轻云淡；晋家两姐弟脸上尴尬，不知道该说什么缓解缓解气氛。

“老爷。”刘克欠身站到孟炳华身边。

膝上的毛毯滑落在地上，孟炳华伸手去捡，却弯不下腰，刘克捡起盖回他的双腿上。

久久没人说话。

街上响起鞭炮声，有孩童的吵闹声传了进来。厅外也放着不少爆竹，本来打算晚一点的时候再放，现在谁也没那个心情了。

孟炳华叹了口气，说：“回房吧。”

晋秋、晋诚起身，目送着他离开。

覃一洋跟在他跟刘克身后，被他一声叫停了脚步。

厅里留着几个小辈，各怀心事。

晋秋说：“那我们先回去了。”

覃一洋留她："守完岁再走吧。"

她摇摇头："就不叨扰了。"然后拒绝了覃一洋送她的请求，跟晋诚走出孟宅。

宅外，聚着不少孩童围在一起放爆竹，追逐打闹着，脸上的笑容越来越深。

"姐。"晋诚叫着发愣的人。

然后，他听见她喃喃的声音："覃一洋刚来的那个新年，我们也守整夜的岁，放的爆竹响了半个山头。"

晋诚记得，那时候他跟洋哥儿还不熟，是晋秋把他俩拉来作陪。

想一想，已经是好多年前的事儿了。

书房里，刘克特意烧了热水给孟炳华泡脚。

寒冬里泡脚暖身，他这几天瞧着精神好了不少，偏气温反反复复有些折磨，所以得好好照料着。

他的脚伸进盆里，被烫得"嘶"了一声，想逃出来，又被刘克抓着，劝着："老爷，身子要紧。"

孟炳华不再有动作，仰着头靠在太师椅里，任热气将双脚包裹

着，到后面也没有太大的感觉了。

刘克知道他忧心："这个时候总归有些急了，孩子们接受不了。"

"早些知道，便早些接受。"孟炳华纠正着。

刘克知道越了规矩，可是话已经说到这份上，继续往下说："其实老爷心里明白，九爷对曼小姐没有那个心思。"

有时候话说得太明白，容易起争执。

刘克很清楚这一点，可依然忍不住。都是他看着长大的孩子，谁痛苦他都不愿意瞧见。

孟炳华却自顾自地说着："曼新现在这副样子，也许跟着沣儿是个好归宿。修儿不一样，他有自己的未来，跟这个家牵连不上关系。若是哪日……哪日孟家蒙了难，也许宋家能念在这层关系上，拉他一把。"

刘克想起下午宋家来的人，在房里跟孟炳华说了许久的话，大概是关于孟肆修跟宋采芸的婚事。

"听说，那帮人去了缺月坞？"孟炳华突然说。

刘克前一日听小厮传的话，本想瞒着，没想到他已经知晓。

"去了，也没闹出什么大事，已经派人去处理了。"

“啧！”孟炳华自嘲，“真的是老了，被人欺负到这般田地了。”

刘克往书房门口瞥去，见没人，轻声说：“老爷，要不……”

“不可。”孟炳华截住他的话，“若是我现在收手，这三个孩子，以后该如何安置？”

“是。”他应着，却觉得右边眼皮跳个不停。

他拿帕子擦干脚，又替孟炳华穿上鞋，吹熄蜡烛，只留了盏微微的灯光。

“明日就是新年了，老爷早些休息吧。”

拉下灯索，刘克退出书房。

他沿着石板路往后院去，远远就能听见里面还在吵闹的声音。今日守岁，大家围坐在一起嗑瓜子吃瓜果，好不热闹的样子。

刘克背手走进去，眼尖的小厮热情招呼他，很快融入进热闹之中。

宅子外还有爆竹声响，很快就是新年了。

1928年。

新年的第一天，街上很少有商铺开张，人却不少，结伴出游，车子堵成长龙，许久没见挪动。

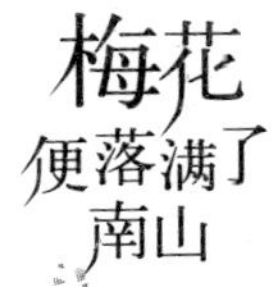

晋诚搬了张凳子坐在店门口嗑瓜子，旁边是斗三两，摇晃着身子踢毽子，等着他夫人梳洗打扮。

“今日不出去玩啊！昨年就闷着，还没闷够呢？”斗三两弯腰捡毽子，好奇地问。

瓜子壳被吐得老远。

“出啊，咋不出？这不等人来接不是。”

斗三两凑过来:“去哪儿啊？前几日下雪，花花草草都给冻死了，没啥看的。”

其实斗三两是想打探打探，前一夜他夫人说出游，叫他安排，他什么也没想成，这会儿来取取经。

“放风筝。”晋诚答他。

放风筝？斗三两托腮想，以他夫人的身形在前面跑着，再跟着他这身形的，像两坨肉在草坪上跑着，不太好看。

“成吧，好好玩啊。”他夫人正踏出店门，他上前，牵着她的手，两人就走。

晋秋这会儿还没醒，晋诚就闲着，有时跟过路的人搭两句话，又瞧见对街的大娘扫着门口的鞭炮纸，上前搭手。

“不出去玩啊？”

“去，等我姐醒呢。”

大娘对晋秋没啥印象，只知道她看着不过二十三四岁的模样，还没嫁人：“你姐姐有婆家了吗？我给说说媒？”

晋诚摆手：“别介，我可不敢提这事儿，脑袋上准起大枣。”

大娘笑，真就没提了。

一个窈窕身影往他们这边来，在缺月坞门口站着，见门口没人，再看一眼，朝晋诚挥手。

“喜欢的小姑娘啊？”大娘收起扫帚，问他。

晋诚脸红：“不是，我姐的朋友，我先回去了啊。”

“走吧，走吧。”

晋诚走回去，接过姑娘手里的东西，问她：“你怎么来了？”

鸢月问他：“秋姐儿还没醒呢？这不是新年嘛，送点儿新鲜玩意儿过来，讨她高兴。”

将人请进屋里，晋诚开窗，散散屋里的潮味。

“我去叫她吧，待会儿还得出去呢，也该起来了。”

鸢月点头，手里搓着手绢，又叫住他：“算了，我跟你说两句就走了。”

晋诚折身，瞧她一身素衣，不像在翠悦轩时浓妆艳抹，素净的

模样更可人。

“我今日下午就走了，来道个别。”她跟着晋诚坐下，打开带来的纸袋，里面装的是奶糖，少见。

晋诚诧异，却没好意思问。

鸾月红着脸，解释着：“我要去北平了，去那里安家。他对我好，我愿意跟他去。昨夜想了想，还是得跟秋姐儿知会一声儿，她也待我好。当年若不是她赎我完好之身，我也不敢下了决心跟他走。”

晋诚笑：“好事啊！他是哪里人？家里是做生意的还是读书的？父母可都在？”

连着好几个问题问出口，听着唐突，可鸾月都一一答了。

她知道，晋诚都是代秋姐儿问的，到时候从他这里知晓，心里也就放心了。

聊了几句，鸾月便要走：“行李还没收拾好呢，下午他会来接我。”话停在这里，眼眶便红了。

晋诚闷声，不知道该说什么。

鸾月擦擦泪，起身，又想起什么，从衣袖里扯出一封信：“这个替我交给秋姐儿。”

她又说：“上次你问我的事，我也没查得仔细。不过晋诚，代我跟秋姐儿说一声，要小心孟家。我知道秋姐儿在九州商会里有股份，但若能脱手，便放了吧，别跟他们有牵扯。”

留下这些话，她便转身走了。

覃一沣来的时候晋秋正好醒，打了盆清水洗脸，换了件新衣裳出门。

晋诚已经坐上了车，孟瑋修跟孟曼新坐在后座，覃一沣在车门边上等着。

“天气不错。”晋秋脸上还有水渍，落在眉尾的地方，在阳光的照耀下隐隐发光。

覃一沣拉开车门，低声回着：“是，适合放风筝。”

孟瑋修跟孟曼新心情欠佳，也许是因为昨晚孟炳华的话，现在两人眉头都还紧皱着。晋秋上车，挨着孟曼新坐下，一手搭在车窗上，一手落在膝上，刚好碰着孟曼新垂下来的狐狸毛披肩。

“很好看。”她赞美着。

孟曼新看她，手里摸着狐狸毛，滑顺，一摸就摸到底：“谢谢。”

法国花园离西关街有大概半个时辰的路，开车的是覃一沣。晋

诚对铁皮车很感兴趣，对会开铁皮车的覃一洋更是掩不住地羡慕，一路上问个不停，覃一洋都笑着答他。

后座的三人则安静许多，除了上车时晋秋跟孟曼新说过两句话，便一直没人开口。

车停的地方离法国花园大门不远，远远就能瞧见站了许多人，他们稀稀散散地站着说话，等走近问，才知道今日这里不对外开放。

“新年时候人多，也许是顾忌安全，毕竟这里是租界的地方。”覃一洋猜想。

晋诚问：“那我们去哪儿？人太多，挤着太难受了。”

其余三人依然无话。

“用过饭了吗？早上我们只食了清粥，这会儿也快用午饭，先去垫垫肚子？”覃一洋往大门那边看，觉着进去是无望了，提议着。

没人反对，几人便又上车往回走。

经过春秧街时，瞧见不少警察往湖塔港那边的方向去，晋诚惊讶：“新年时候还有人闹事吗？这不胡闹嘛！”

车里安静。

晋秋发现，孟曼新的狐狸毛披风一脚掉落在车底，她伸手去捞：

“小心脏了。”

孟曼新没反应，脸色有些苍白，咬着唇，隐隐看得见印子。

“曼小姐？”她伸手在孟曼新面前晃了晃。

“啊？”孟曼新反应。

她又重复一遍：“小心脏了。”眼神落在狐狸毛披风上。

“谢谢。”没有生气的话语。

城里大一点的酒楼，独鸿粤楼还在开张，不少人家会在新年第一天设席，念这里菜色好，多了鸿粤楼便也不歇着。

他们没去包房，在一楼靠窗的桌子坐下，点了几样合胃口的菜，烫了壶酒。

覃一洋没尝酒，端着茶杯喝茶解渴。

桌上只有孟玮修跟晋诚两人斟满了酒杯，晋诚浅酌了两口，味醇，容易醉人，知道分寸，尝了一杯便不再动了，倒是孟玮修喝得多一些。

晋秋菜吃了不少，醒来便出门，肚子里空空的，这会儿见什么都想吃。面前的两碟菜吃得干干净净，覃一洋将面前的菜往她那边推：“不够再点。”

她边吃边点头，身后就是窗户，跑过去一群人，急吼吼的。

“这真出什么事儿了？”晋诚探着脑袋往晋秋身后瞧。

又是一阵人跑过。

孟肆修觉得不对，他瞧着，心里突然升起不快。

那些人去的方向，跟刚刚警察去的方向一样，都是湖塔港。

吃了酒，他脸上生出红晕，摇晃着起身。他在窗边拉着一人问：“出什么事儿？”

被扯着的是个中年男人，一手还牵着自家女儿，没认出拉扯自己的人是孟肆修，高嗓门响起：“听说警察去了孟家，孟老板被抓了。”

第十章

他瞧见，梅花簌簌落下

梅花便落满了南山

1.

车根本开不进湖塔港，那里挤着不少人，脑袋碰着脑袋，还有人在骂骂咧咧。

覃一沣一行人弃车往里走，孟玮修与他同肩，身后是晋秋、晋诚，孟曼新落在最后。

孟宅门口围了不少警察，腰间配着长枪，官帽方方正正戴着，胸前的警徽在阳光下闪耀着。

几人被拦在宅子外，身形瘦小的警察面色严肃："这是你能进来的地方吗？看热闹去下面。"

覃一泮蹙眉，孟玮修手握成拳，欲跟那警察争论，被覃一泮拦了回来。宅子里走出一个人，瞧样子应该是个长官，认得覃一泮，放他进去：“只有你能进去。”

覃一泮顾不上孟玮修和孟曼新，径直往里走。宅子里的警察更多，厅长也在，再往里，宋老爷子也在。

孟炳华被围在中间，左右两边各站着两人，被禁锢着，手里抓着笔，在写什么。

覃一泮声音发涩：“父亲。”

孟炳华手里的笔一顿，纸上洇出大块墨迹。他抬头，苦涩地笑。

覃一泮再想开口，却看见孟炳华轻轻摇头。

宋时澜拄着拐杖靠近覃一泮，瞧只有他一人，心里倒放下块石头。宋时澜问：“玮修同你在一起？”

他点头，目光依然落在孟炳华身上。

笔停，足足有十页纸。

厅长粗略扫过一眼，翻过一张，脸上的怒气便多了一分。看完，他挥手，身边的人给孟炳华戴上手铐，朝宋时澜欠身，便押着人往外走。

孟炳华身上只穿着一件单薄长衫，尽管今日天晴，可气温很低。

覃一泮脱下自己身上的外套，在孟炳华经过时给他披上。

肩上一沉，孟炳华的身子忍不住抖动，他说：“告诉修儿，他要走的路，继续走，不要管我，也不要记恨我。”

覃一泮还想问，却被宋时澜扯住。

走出正厅，经过前院，像是从黑暗里走向光明，孟炳华一眼望尽宅子门口聚集的人潮，只一眼，就看见了人群里的孟肆修。

孟肆修双眼通红，嘴里喃喃着，发不出声音，可孟炳华却听见了。

他在喊：“父亲，父亲……”

嘈杂的声音在耳边响着，孟肆修的声音却如此清晰。

只一眼，只看了一眼，孟炳华便埋着头上了警察厅的车。

后院里急急跑来一个人，手里抓着跟长棍，“扑通”一声跪在地上，号啕大喊：“老爷！”

人群里，披着狐狸毛披肩的女子双手紧紧攥着衣角，眼角缓缓落下热泪。

覃一泮去看刘放时，晋秋也跟了来，两人一路无话，心里各自有着心事。

刘放被人送回了房间，听外面的小厮说，头一次见刘叔发了这么大狠。那么长且粗的一根木棍，他没见一点心软地往刘放身上打去，足足打了三十来棍，身上都见了血痕。

刘放的母亲坐在床边，手里攥着帕子擦眼泪，她刚刚哭喊过，嗓子是哑的，轻轻喊了声：“九爷。”然后又哭了起来。

“这都是造的什么孽哦，这可是他亲儿子，养了二十多年，恨不得打死，没良心的东西！”她顾不得有人在，骂骂咧咧着。

覃一沣皱着眉，身子立在床边，瞧着床上那个人。

刘放嘴唇苍白，寒冬里额间却冒了不少汗，半个身子裸着，刚刚上过药，上面还染着淡黄色的膏药。

刘母起身，请覃一沣坐。他摆手，上前拉着刘放的手，问：“还听得见吗？”

刘放说不出话，干裂的嘴唇张合，覃一沣凑上去。

“听……听得见。”

覃一沣回身，刘母明白他意思，退了出去。

覃一沣又说：“名单呢？”

刘放断断续续地说：“不知道，九爷，我没拿出去。”

“那刘叔……”他心里忐忑。

“他一早就知道我去查过，没提，警察一来，他便朝我这里冲了来。”

心里被石头压着，越来越沉。

从刘放房间里出来，晋秋瞧覃一泮脸色不好，问他：“孟老板出事，跟你有关系？”

覃一泮侧目，许久后说：“也许。”

他刚刚回过西苑，那时候从孟肆修房间偷出来压在抽屉最下层的文件和百家商铺的名单，通通不见了。

正厅里，刘克跪在地上，喉咙里发出“呜呜”的声音。

他自十七岁便跟在孟炳华身边，他们以主仆相称，却是彼此最不能割舍掉的人。他们见证着对方结婚生子，将孩子抚养长大，随着时间累积成的情谊，在今日，将眼泪流干也说不尽。

孟肆修乱了心神，他没料到，他出去不过短短两个时辰，就发生了如此变故。而他对这一切，却什么也不知晓。

晋秋跟覃一泮前后脚进的正厅，脚刚落进屋里，就听见刘克低吼一声，朝着覃一泮冲来，手里使着劲，狠狠掐着他的脖子。

众人去拉。

刘克吼："是你对不对？你记恨老爷让你跟曼小姐成亲，又或是觊觎孟家产业，想借此机会扳倒他对不对？"

众人停手，纷纷愣神。

"他待你如亲生子，让你掌着商会的大权。他待你这般好，你怎么下得去手啊！"

刘克比覃一泮矮了一个头，踮脚使力，对覃一泮来说却微不足道。

他没有辩解，任刘克撒气。

厅里的人脸色变换了几番，等刘克使光了力气，跌坐在地上，还是忍不住捶胸大哭。

自始至终，覃一泮也没有说一句话。

晋秋就站在覃一泮身侧，听见他抽冷气的声音，她的手轻轻触碰他的衣袖。

覃一泮回身，摇头，告诉她无事。

孟肆修撑着手站起来，他一步步靠近，身上的力气好像被谁抽走了。他脸上悲恸，到覃一泮面前，抓着覃一泮的胳膊问："是你吗？刘叔说的是真的吗？"

大厅安静。

只能听见孟曼新的哭声。

“是你吗？”他瞪大了眼睛，有泪水滑落下来。

孟曼新制止他：“哥哥。”

可他顾不上身子还没恢复好的孟曼新了，他盯着面前的这个人，眼里的恨意在熊熊燃烧。

他有片刻的害怕。

他曾经将面前的这个男人视作猛兽，侵入进他的生活，代替他陪伴在他父亲的左右。如果这一切真的是对方做的，他要怎么去接受？

自他回国后，他们也曾剑拔弩张，也曾饮过同一壶酒。

这个他才接纳进心里的人，又在他的心上狠狠剜了一刀。

覃一沣拉着揪在他衣领上的手，让人辨不清喜怒的声音说：“先想法子吧。”

“是不是你！”孟瑏修没有松手，他靠近覃一沣，一声怒吼，“告诉我！”

刘克怕孟瑏修受伤，将他拉开：“少爷……”

身后，孟曼新昏倒了过去。

覃一沣推开他，及时接住就要摔倒在地的人。

“滚开。”孟肆修再顾不得覃一洋，抱起孟曼新回房。

刘克急切地喊着：“小姐，快去叫大夫来。”

覃一洋跟在孟肆修的身后。

“不准跟来！”孟肆修瞪他。

覃一洋站在原地，目送着他们走远。

“她只是吓着了。”晋秋宽慰他。

覃一洋自嘲一笑：“所有人都不信我。”

晋秋拉着他的手：“我信你。”

告示很快贴了出来，就在警察厅外的灰色砖墙上。

上面列出了孟炳华的三大罪状：一、当年科考买官，仕途一路通顺，贿赂不少官员；二、手上沾有数十条人命；三、走私枪火。

无论拎出哪一条来，按律例都当满门抄斩，可今时有律法，罪不及家人。

消息传到孟家时，孟肆修吓得腿软，直接瘫坐在了地上。床上的孟曼新身体虚弱，转头擦泪。

刘克俯身扶孟肆修，手腕被孟肆修反抓着。

“不可能，父亲才不会做这样的事。”他抬眼望着一言不发的

刘克，“刘叔，你跟在父亲身边最久，你一定知道，他没有做这些事对不对？”

刘克被他晃着，却没有开口为孟炳华辩解。

刘克的默认，将孟琏修曾经的湛蓝天空彻底击碎塌陷。

覃一泮赶来时，孟曼新已经哭过一回，见他来，更是止不住哭声。

街上有人路过，指着孟家的大门议论。他们知道，这天津城里，要天翻地覆了。

孟琏修去过宋家，念及旧情，宋家也许会帮忙。

宋时澜叹口气，问他：“你是个教书人，滔天罪恶在眼前，也要任由他逍遥法外吗？”

孟琏修不知道该作何回答，呆呆地在宋家坐了许久。

宋时澜走前，告诉他：“若你觉得你父亲罪不至死，你大可以去瞧瞧。他的罪例上是怎样写的，那些人命，他一个人偿还，也是轻了的。”

随后，孟琏修赶回警察厅，要来罪例，厚厚一沓，压得他的神经几近崩溃。

他求了许久的情，想去看看孟炳华，警察不准，说得送去北平审讯，也许以后也见不着了。

他浑浑噩噩地走出警察厅，想起前一日还在同父亲争执，这会儿却见不着人了，心里被揪得发疼。

街口停着一辆车，覃一沣在车边等他。摇晃着身子行到覃一沣面前，他抓着覃一沣的衣袖问：“你跟在父亲身边这些年，早知晓了对不对？”

覃一沣摇头：“你回国后我才偶然知晓，顺着线查下去，才知道其中牵扯不少。商会里有不少商铺脱不开关系，我没办法将他们全部扫清。”

所以那时候，他没有丝毫犹豫地将股份分给晋秋，为的就是踢走一些人。

孟玮修是个明白人，联想着，便想通了：“在缺月坞闹事的人，是那些脱不开关系的商铺找的麻烦？”

“是。”

“那些证据，走私的文件和商铺的名单，是你送到警察厅的？”

“不是。”

不是。

是与不是，已经不重要了。

在对错面前，他知道，是他的父亲做错了，且是一错再错，才会落得今日的这般结果。

他不想去分辨覃一泮的话是真是假，于现在的形势来讲，已经没了任何意义。

他只知道，他的父亲真的做了这些龌龊的勾当。而他，所有的光鲜都是用黑暗支撑的假象罢了。

正月初六那日，覃一泮在房间里待了许久。

连着几日在宋家与警察厅间奔波，他的身子也渐渐撑不住了。

刘放的伤还得养着，他去看过，烂肉正在结痂，疼得叫这个五尺男儿也皱了眉。

下人来过，说孟聿修还跪在宋家，宋时澜拒而不见。

他挥手叫人退下，身侧的书桌被打开，里面空空如也。

他细细查过，锁没有撬动的痕迹，能近他身的人没有几个，只是猜想来猜想去，也没能猜出是谁。

夜里，屋里没点灯。

他有片刻在想，若是孟炳华没有出事，今日，他便跟孟曼新成亲了。

刹那，他竟然松了口气。

他又想起晋秋。

这几日她常陪在他身边，同他来回奔波。

一念起，就止不住想念了。

2.

正月十五，元宵节。

斗三两送来两碗刚刚做好的元宵，一个个圆滚滚地躺在碗里，咬一口，芝麻馅的。

晋诚吃完一碗，心满意足地歇息在院子里。这几日还没开张，每日闲得无事可做，他便借来了一辆自行车倒腾，学了两天还是不会，被他丢在乘荫的树下。

晋秋每日睡到午时才起，早饭午饭一起解决，听着晋诚从街上打听来的消息。

说孟炳华已经被送往北平，路上出了点儿岔子，有人劫道，冲着孟炳华去的。也许是牵连其中的商铺找人下的杀手，不过最后都死在了那条道上。

“秋姐儿，那咱们跟九州商会？要不趁着这时候把股份都散了吧？”晋诚想起鸾月的话，这会儿也谨慎了起来。

晋秋说：“罪不及家人，祸不及无辜，缺月坞清清白白，有什么好怕的？”

晋诚觉着跟她说不清楚，将那日有人来找麻烦，又拜托鸾月调查，和鸾月走前说的话，通通交代了。

晋秋听完，只问了一句：“信呢？”

那封信还放在他的衣衫里，他取来，交给她。

元宵被放在一边，晋秋拆开信封，里面是孟家这些年来所有的股权归属去向。她细细查看，才发现这其中有不少的钱银来路不明，全融进了商会里，化股融权。

她想，这些钱，大概便是走私而来的。

她无暇去想鸾月是从何得来这些东西的，女人汤里温柔乡，男人有了钱权，便会用来诱惑女人，也许，便是这样来的。

晋诚好奇，探头去看，话噎在喉口说不出来。

晋秋回了房，晋诚不敢去打扰，连斗三两来，也被他轰走了。

斗三两推搡着不肯走，说有消息。

晋诚回头瞧晋秋的房间，门关着，他拉着斗三两去前厅。

“听说处决日是在五日后，孟家的人今日下午便启程去北平了。”斗三两描绘着孟家门口停着的那辆铁皮车，看着新，听说是管租界借来的，花了不少钱，能一脚油门踩到北平去。

“成了成了，回去吧。”晋诚赶着人，转身瞥见通往后院的门帘被人放下。

他叹口气，作孽啊！

孟炳华出事，九州商会彻底瓦解，只剩下覃一洋管着的三十余家商铺，除了宋家其他七大家纷纷撤了股，没了往日风光。

他打点好家里的一切，又去孟曼新的房里瞧，人正睡着。

覃一洋同丫鬟交代了几句，又说：“此程路远又劳累，她身子刚好，便不去了。”

丫鬟缩着脖子点头，犹豫着要不要开口，后来实在憋不住，开口道：“九爷，小姐她真的想去，可是……可是……”

覃一洋点头：“知道了。”

宅门口，孟珒修装点好一切，他心里本就阴郁，这下更是愁苦。

上车后，覃一洋同他说：“不要置气了，女儿家，怕血。”

孟肆修难掩愤慨:“可那是她的叔叔,养育了这些年,再过两日,就不能在人世间见着了。可她……可她说不去……”

“也许,她心里更明白这条远路,该不该走。”覃一泮将外套取下,披在孟肆修腿上,“风吹得紧,小心着凉。”

车开出天津城,一路向北。

过界碑时,那里站着个人,风吹得发丝凌乱,她伸手压了压,最后戴上宽檐帽,只露了半张脸。

覃一泮吩咐停车。

他下车,走近了才瞧清那人穿着件大衣,里面是件黑色旗袍,脚上是一双鞋尖镶着珍珠的灰色高跟鞋。

他说:“今日风大,你怎么来了?”

晋秋手里是包好的饭盒:“刚煮出来的,还热着,你们在路上吃。”

“元宵?”

“是,芝麻馅的,晋诚做的,我也不知好吃不好吃,应个光景。”她答。

覃一泮接过来,苦笑:“今日这光景,不好。”

“你活着,就得朝前看,他也是,我也是。”

“我们都是？”

“对，我们都是。”

一阵风吹来，她冷得紧了紧衣领，小腿露在风里，这会儿觉得像刀割。他取下脖间的围巾，围在她的脖子上，另外一只手拿着饭盒，这只手动作便慢。

她连鼻头都红了。

“下次还是不要这样穿了。”他蹙眉。

“不好看吗？”她问。

“好看。”他说，“但是冷。”

“那暖和的时候再这样穿。”她笑。

“好。”

车上孟肆修瞧着两人说话，见晋秋在笑，扭过头，不再看了。

“你们去几日？何时回来？到时候来缺月坞吃饭，晋诚的手艺不错，可以尝一尝。”

“还没定下来，也许要一阵子，外祖父那边，肆修要去拜访一趟。”

“没关系，你给我捎个信，我好准备。”

“好。”

梅花
便落满了南山

“那我回去了。”

“好。”

风在这时停了，泛黄的树叶不再晃动飘落，她瞧了一眼来时的路，真远啊！

“晋秋！”覃一洋喊她。

她立刻回头：“怎么了？”

“尽管九州商会不在了，可是你的股份还在。”

“嗯，好。”

“我名下还有三十几家店铺，这些日子，要劳烦你照料一下了。”

“好。”

“曼新在家容易发闷，你替我去陪陪她。”

“好。”

“等我回来。”

“好。”

风又起，吹乱她的头发，她取下帽子，冲他笑。

他尽收眼里，伸手，将她耳边的一缕乱发别至耳后。

她的耳垂薄，摸着也冰冷。

还有话要说的，可是他全噎在喉口。

也许，这时候还不该说。

他此去路途遥远，要面临的一切即便心里清楚，却不能知道中间是否还会生出什么变故来。

晋秋望着他，一双眼睛晶莹透彻。

她说：“你走吧。”

她先转身，又停住，回身跟他挥手。

“要平平安安地回来。”

覃一洋点头，风又急又狠，吹得他的眼睛有些睁不开，只能听见风呼啸的声音。

可是他看见了。

看见她说：“平平安安地回来，才能重新开始。”

界碑两边，有一车一人，背驰而行。

路上的行人回头驻足，望着一点一点消失的车影，眼里的担忧不散。

车里，男人说：“平平安安地回来，才能重新开始。”

这话像是说给身侧的人听的，又像是说给自己听的。

他回头，已经看不见天津城了。

可即便看不见，天津城也永远屹立在那里，城里的人也等在那里。

重新开始，所有的一切都会是新的。

路过一片梅花林，他瞧见，梅花簌簌落了下来。

（全文完）

番外一
会相见的，每一日
MEIHUABIAN
LUOMANLENANSHAN

梅花便落满了南山

从北平回来，已经是春分。

天津城里还似往日一般繁华，只是通往湖塔港的那条路上，人少了许多。

赶了数日长路，覃一泮浑身疲软，皮箱放在脚边，他伸手捞了上来，打开，取出一张黄纸。

折痕明显，他摊开，是房契，北平的一处宅子。

孟珒修闭眼小憩着，双眼下一片乌青，这一个多月的日子他睡得很少，这会儿难得能睡着。

覃一泮抓着那张黄纸看了好一会儿，见街边的风景越来越熟悉，心里总算踏实了些。

前几日他们还在北平，天津来了份急报，说商会里余下的几家商铺蠢蠢欲动，怕是动了什么私心。那时候孟琸修在仇家祠堂里跪着，孟炳华的牌位就奉在里面，说是大恶之人，只能奉牌不能入谱。

他们听了，每日来上香。

“是不是要回去了？”孟琸修抬头问覃一沣。

手里点着香，覃一沣反问他：“你想回去吗？暗潮还在，回去了，是场恶战。”

孟琸修磕了三个响头，站起身，捧起牌位：“总要回去的，总要面对的。”

于是，那个下午，他们便启程回天津。

下了车，两人站在台阶下，门里肃静。

覃一沣手里提着皮箱，推开门，院子里没有人。

再往里走，才听见人声，杂乱的、慌张的、害怕的……

他回头瞧了孟琸修一眼，人跟在他的身后，眉头皱着，瞧着发出声音的地方。

那是孟曼新住的方向。

梅花便落满了南山

谁也没想到，在覃一沣和孟肆修从北平带回孟炳华骨灰的这个早晨，孟曼新上吊自尽了，连件体面的衣裳也没来得及换，头发也蓬乱着。

刘克说，早上小厮来消息说两位爷回来，没过一炷香的时间，便如此了。

孟肆修红着眼，将牌位放回祠堂，放在最下面那排的中间，左右还立着两个牌位。

他问覃一沣：“是因为父亲吗？”

覃一沣叹气，没有回答。

晋秋从商会赶来时，孟曼新已经入了棺。

躺在棺里的人梳洗了一番，面上抹了红，有些不大好看，叫她以前肯定会打闹一场，现在却没了动静了。

消息传来得突然，晋秋现在也不信。

“昨日我还来瞧过她，整日昏沉是不错，可是没想到今日就没了人。”

覃一沣守在棺木前，目光落在棺里的人脸上，眼里平静得像是一片不被风雨惊澜的湖。

下葬在第二日。

孟玮修走在棺前，一步三回头，心里怎么也没想透彻，孟曼新怎么就没了。

后来那几日，孟玮修把自己关在房间里，灌了许多酒，却还是什么也没想明白。

再往后几日，覃一沣夜夜宿在他的房间里，待第七日，他终于把房门给打开了。

没人知道他们聊了什么，只晓得宅子里的所有藏酒都被他们给喝了个精光。两人搀扶着从房间里走出来，脸上还泛着红，同孟曼新在棺里时那抹红，像极了。

孟玮修辞了学堂的工作，一帮子学生不肯让他走。

他说："会相见的，某一日。"

他回了商会，跟着覃一沣打点商会里的生意，肃清了底下骚乱的商铺。

也许是因为不是这块料，他学起这些东西来，慢得出奇。

覃一泮总说：“慢慢来。”

他埋着头整理着桌面上的文件，又被覃一泮叫了出去。

“西街商铺的刘老板来了，你去瞧瞧。”

将手里的文件放下，孟肆修走了出去。

覃一泮站在窗前，见他走远，折身回了桌前，将那沓文件堆放好，然后把最下面那一张抽了出来，点燃油灯，烧尽。

那是从北平回来的那个早晨，他在孟曼新的桌上收着的。

是那时候孟炳华出事，从他房间里消失不见的名单。

窗外树上响起蝉鸣，他探头，不觉风光好。

番外二：
来路上，勿念
MEIHUABIAN
LUOMANLENANSHAN

梅花便落满了南山

1966年，北京。

院子在城郊东南的方向，这里幽径，里面养着好些花，这会儿开得正好。

一个老人坐在凉亭里，桌上摆放着好几本书，书皮泛黄，瞧着有些年头了。他一指翻开，戴老花眼镜瞧着不清楚，取下来，将书凑近。

“要是瞎了，我可不管你了。”身后传来个声音，有些怒气。

老人又将眼镜戴上，叹息着：“哎，眼睛越来越不好喽。”

“那你还凑这么近看。”她伸手轻轻打他。

院子外传来自行车的声音，一个送信小哥儿探头进来，见院子里有人，喊着：“覃爷爷，晋奶奶。”

晋秋招呼人进来，倒了茶，将手当扇扇风：“是天津来信了？”

小哥喝着茶，汗水从额间缓缓淌下，点头，在包里翻找着：“两封。”

送小哥出门，晋秋回头瞥见覃一沣正偷偷瞄着桌上的信。

她打趣着：“要想看就自己拆呗，我又不说你。”

“不看。”傲娇的覃老爷子手里还翻着书，眼睛藏在书后，瞧着晋秋的一举一动。

她拆开信。

上面那一封她很快就念完，下面那一封有些厚，瞧着估摸有十来页纸，她仔细看着，眼睛渐渐发了红。

“小诚儿抱孙儿了，是个男娃，瞧着真好看。”

信里还有一张照片。

头发胡子已经花白的晋诚坐在正中央，旁边站着儿子儿媳，儿媳手里抱着个胖娃娃，乐呵呵地笑着。

覃一沣伸手来夺，被晋秋躲过："不是不看吗？"

这一说，他的傲娇性子又上来了，老老实实地缩了回去。

晋秋将两封信收好，往屋里走，步子慢，上到最后一级台阶，听见老爷子的声音："他没来信吗？"

"谁？"她故意问。

覃一沣提高音量："就他！"

就是把他跟晋秋送来北京，孤身留在天津城里的那个人。

孟聿修。

晋秋开门，取出围裙，准备做午饭："没呢！"

覃一沣心里痒痒，人站在窗户边上，瞧着厨房里忙碌着的晋秋，确定她没闲工夫往这边瞧，在桌子抽屉里仔细找着。

地方就这般大，找起来容易。

果然，两封信都被压在台灯下。

上面那封厚，是晋诚寄来的，他取出里面的照片瞧了瞧，又放了回去。

下面那封薄，信面上只落了收信的地址，没写寄信人。

他拆开，薄薄的一张纸，再摊开，只有五个字。

来路上，勿念。

1966年夏。

北京城郊东南边上的那间院子外，站着两个白发苍苍的老人。

两人相互搀扶着，往路的另一头瞧着。

树荫下，两个影子重叠着，老爷子问老婆子：“你渴不渴饿不饿？”

“不渴不饿。”老婆子说。

老爷子却像变戏法似的从兜里掏出几枚杏子，逗得老婆子哈哈大笑。

那日快黄昏的时候，路的那一头缓缓走来一个身影。

面容瞧不大清楚，只晓得他穿着件老式中山装，背着个大包，里面装着的都是从天津带来的小吃。

树荫下，老爷子擦擦眼，抓着老婆子的手说：“我很多年没瞧见他了，可他还跟当年一样。”

还像那年被大火吞噬的屠神寨里，他带着孟瑋修下山时的

那般模样。

那一次，他送孟玮修走。

这一次，他等孟玮修来。

大鱼文化&小花阅读
面向全国招聘兼职签约作者
长期有效哦！

公司介绍：

大鱼文化是中国一线青春文学图书策划公司，多年来与数十家国内出版社深度合作，每年向市场推出三百余个品种的青春类畅销图书，每年签约推出新人作者近百名。

其中公司子品牌“小花阅读”立足传统纸质出版，引导青年休闲阅读风向，主力打造和发掘新人创作者，采用编辑指导创作模式，创作出适合市场的优质阅读产品。

现面向全国各高校招聘兼职新作者。

我们的工作说明：

还未毕业？有其他正式工作？看清楚了，我们这次招的就是兼职！

从未有过发表史？国内一线青春编辑亲自教你点滴成文！

想要出版一本属于自己的图书？国内一线出版公司专业签约护航！

想要一份收入稳定岁月静好的兼职工作？做做白日梦写写小说最适合不过。

兼职的要求及待遇：

年龄不限，学历不限；爱看小说，想要创作。

每天只要2~3个小时，日过稿只要三千字，宅在室内，风雨不惊，月兼职收入不低于三千元！

我们需求的题材 | **清新恋爱，青春校园，都市言情，甜宠萌文，古风言情，悬疑推理，奇幻武侠，科幻冒险……**

应聘的流程：

1. 上网下载一份标准简历模版，按自己的真实情况填写。
2. 自行构思一个自己最想创作的长篇故事内容，撰写三百字内容简介，将故事分为12~20个章节，每个章节用100字以内说明本节讲述的主要情节（内容简介和章节内容加起来不超过2000字）。
3. 将上述内容用WORD文档整理好，格式清楚，一起发送到以下邮箱：dayuxiaohua@sina.com （两周内百分之百回复，如两周内未收到回复则可视为发送途中邮件丢失，可再次投递）。
4. 简历和创作大纲如有合作可能，公司将于两周内派出专业编辑一对一联系，进行下一步沟通，指导创作、签约等流程。如暂时不符合合作条件，则可再次努力。
5. 一经签约，作品将按国家出版规定签订标准出版合同，成为正式出版物，所有程序遵守国家法律法规要求。

其他说明：

了解大鱼文化图书产品风格类型，有助于提高签约成功率。

了解途径：

公司产品广布于全国各大新华书店青春文学专架、全国各大网络书城、淘宝大鱼文化图书专营店及各大天猫书店

微信公众号**“大鱼文学”**和**“大鱼小花阅读”**均有签约作者作品试读。

关注新浪微博官方号“大鱼文学”，有每月产品即时消息发布。

图书在版编目（CIP）数据

梅花便落满了南山 / 野桐著 . -- 上海 : 上海文化出版社 , 2019.11

ISBN 978-7-5535-1728-5

Ⅰ . ①梅… Ⅱ . ①野… Ⅲ . ①长篇小说 - 中国 - 当代Ⅳ . ① I247.5

中国版本图书馆 CIP 数据核字 (2019) 第 180525 号

责任编辑　蔡美凤
特约编辑　雪　人　娄　薇
装帧设计　刘　艳　西　楼
封面绘制　鸦青染
印务监制　周仲智
责任校对　周　萍

梅花便落满了南山
野桐　著

出　版　上海文化出版社
出　品　上海故事会文化传媒有限公司
（200020 上海市绍兴路 74 号　www.storychina.cn）
发　行　上海文艺出版社发行中心
（上海市绍兴路 50 号）
印　刷　长沙鸿发印务实业有限公司
开　本　880×1230　1/32　印　张　9.125
版　次　2020 年 2 月第 1 版　印　次　2020 年 2 月第 1 次印刷
书　号　ISBN 978-7-5535-1728-5/I.680
定　价　36.80 元

上海故事会文化传媒有限公司　出品（00897）www.storychina.cn

本书如有印装问题，请与印刷厂联系调换。联系电话：0731-82755298